Reçu le vendredi 25 juin 1993

lors de la remise des prix

de l'Athénée Fernand Blum

à M. Vincent Knop
2LB
plus de 85%

José Giovanni

Le trou

Gallimard

Voici une histoire vraie : la prison de la Santé vue par ses habitants réels et non par des amateurs comme on en a trop vu ces dernières années (prisonniers politiques, romanciers du bagne, etc.).

Manu Borelli, personnage central du Trou, est enfermé au quartier des condamnés à mort de la Santé, avec quatre compagnons de cellule. Roland Darbant avait volé des tickets d'alimentation pendant l'occupation, mais ses évasions retentissantes ont prolongé sa peine. Géo Cassid, ancien parachutiste, a été blessé en tentant de s'enfuir. Vosselin, dit Monseigneur, est un récidiviste plein de dignité. Et Willman, blond et distingué, ne pense qu'à sa femme. Quant à Manu, malgré sa jeunesse, des charges effroyables pèsent sur lui.

Ces cinq hommes ont décidé de s'évader. Jour par jour, nous allons assister à leur entreprise, entendre leurs paroles — car, encore une fois — rien n'est inventé dans ce livre. Ils percent le sol de leur cellule et, dans le trou ainsi formé, Roland manque de périr étouffé. Puis commence une exploration interminable à travers les sous-sols de la Santé. Pendant des semaines ils cherchent toutes les issues possibles, allant jusqu'à ouvrir la porte de la serrurerie pour se procurer le matériel nécessaire. Et, tous les jours, ils remontent dans leur cellule. Et, toutes les nuits, des mannequins les remplacent dans leur lit, tandis que les gardiens marchent dans le couloir, observant à travers l'œilleton de la porte.

Ils pénètrent enfin dans une conduite à air chaud où ils installent un véritable atelier, pour contourner un mur de béton. Derrière, c'est la grille d'un égout et la liberté. Seront-ils trahis? Réussiront-ils? Une angoisse absolue pèse sur leur aventure.

*Jamais la vie intérieure d'une prison n'avait été montrée de
la sorte. L'énergie, la patience, l'ingéniosité prodigieuses dont
témoignent ces captifs, confirment ce que Balzac écrivait des
prisonniers, dans la troisième partie de* Splendeurs et Misères des
courtisanes.

Le Trou, *qui est aussi une confession, est un document brut
surprenant.*

*Le livre et le film qui en a été tiré par Jacques Becker ont
rendu célèbre d'un seul coup José Giovanni qui, depuis, a fait
une carrière brillante d'écrivain et de cinéaste.*

Né en 1923 dans une vieille famille corse, Giovanni a fait ses
études à Nice, et à Paris une licence de droit. Pendant l'occupation
il fait l'expérience de la prison et connaît plusieurs fois les affres
de l'évasion. A la fin de la guerre, il n'a que vingt et un ans,
il continue par goût du risque une vie aventureuse : il voyage,
exerce différents métiers : mineur de fond, cultivateur, pêcheur,
moniteur alpin dans un centre de jeunesse, tailleur de pierre,
bûcheron. Il écrit des romans, des dialogues de films, des pièces
de théâtre. Actuellement il vit en Suisse avec sa famille et pratique
l'alpinisme et le ski.

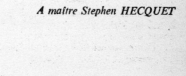

A maître Stephen HECQUET

« Mais mon ami, on ne peut pas
vivre absolument sans pitié. »

DOSTOIEVSKI

Il ne pouvait pas voir à l'extérieur; c'était une cabine d'un autre modèle, complètement close. Au virage à angle droit, suivi d'un cachot, il comprit que le panier à salade pénétrait dans la prison. Il descendit, un peu aveuglé par la lumière, et monta les quelques marches qu'il ne connaissait que trop.

Des surveillants les parquèrent dans un coin, dans l'attente des formalités d'enregistrement. Ils venaient de l'hôpital de Fresnes. On guérissait vite à Fresnes; Borelli jeta un coup d'œil sur la mine de chien crevé de ses compagnons. Il ne connaissait personne parmi eux. Chacun regardait avec des yeux trop grands au-dessus de barbes douteuses. L'attente se prolongeant, l'un d'entre eux se mit à balayer le sol du regard; brusquement il se baissa et enfouit quelque chose dans sa poche. Il recommença son manège à intervalle plus ou moins régulier, et pour ce faire, il s'écarta progressivement du groupe. Borelli se demandait jusqu'où la chasse aux mégots risquait d'entraîner ce type lorsqu'une voix rugit derrière eux :

— Vous voulez un coup de main là-bas?

Le mégoteur rejoignit le groupe. Dans sa démarche une sorte d'inquiétude transpirait; il tremblait pour les débris de cigarettes informes, dégueulasses, anciennement baveux. C'était son trésor terrestre, il le sentait au fond de sa poche, mêlé à la poussière, aux miettes de granit d'un pain centenaire, à côté d'un mouchoir amidonné au sperme.

Il n'entendait plus les cris du gardien, et son cou émergea lentement des épaules protectrices. Cependant, le premier gradé qui passa auprès du groupe éprouva le besoin d'éructer sa bile.

— Face au mur là-dedans, grogna-t-il.

Une fois de plus Borelli se trouva tourné contre un mur. Il était dans un mauvais jour. Il en voulait à cette cloche d'avoir attiré les foudres sur eux. Il souhaita aussi que ces hommes en uniforme disparaissent de la planète. Son dernier projet d'évasion venait d'échouer à Fresnes; il était à nouveau en contemplation devant un mur de la Santé. Il l'avait quittée un mois auparavant gonflé d'espoir. Il toucha le mur froid du dos de la main et entreprit de réfléchir à l'heure suivante. Si seulement il pouvait tomber dans une cellule convenable, avec des gens sûrs. Cette course aux gens sûrs était la plus épuisante. Six mille hommes grouillaient dans le ventre de la Santé en ce début d'année 194... et il s'avérait impossible de réunir dix hommes capables de se taire et de risquer leur chance dans une action commune.

Il suivit les formalités avec une sorte d'indifférence, ne s'éveillant qu'au grand rond-point, cette espèce de tour qui jetait les hommes vers une précaire destination. On lui donna sa nouvelle adresse: quartier haut — Haute surveillance — 11e division, cellule 6.

Il possédait un mandat de dépôt en double, et en s'acheminant vers le rond-point haut, son balluchon installé sur le dos, il tenta de se souvenir de cette 11e division. Il n'était pas obligé de se rendre à la cellule 6. Il pouvait inscrire 11-8 ou 11-10 sur son double et le présenter au surveillant de la table dans le couloir de la 11. Pourvu qu'il soit compris dans l'effectif de la 11, il importait peu qu'il se trouve cellule 6 ou 12. Mais pourquoi s'orienter ailleurs qu'à la 6; il ne connaissait pas de cellule où la sécurité soit complète. Il préféra suivre le destin désigné par un fonctionnaire. A force de se débattre, d'avoir eu l'impression de façonner son destin, il n'avait essuyé que des coups durs. Il traversa le parloir des avocats; les prisonniers attendaient dans un grand couloir devant les portes des parloirs. On appelait ça le « Gonfleur Michelin ». Les hommes, maintenus dans cette prison qui faisait songer à

10

une immense gare, étaient divisés par les passions. Un seul sentiment les unissait : l'espérance, le besoin de venir s'abreuver de nouvelles, se suspendre aux lèvres de l'avocat. Le fait de le maudire dès que le sort devenait contraire ne changeait rien.

Borelli adressa un signe de sa seule main libre à deux garçons qu'il connaissait, et déposa la couverture qui enfermait ses affaires devant la porte du rond-point haut. Durant une courte attente, il reconnut des amis qui circulaient pour des raisons différentes. La prison lui parut moins hostile, moins étouffante. Son dernier échec s'estompait au profit d'un nouvel espoir. Sentiment imprécis mais réconfortant. Résultat d'une autodéfense contre le renoncement. Il regarda le surveillant enregistrer le numéro de la division et de la cellule. Il se trouvait étiqueté comme un colis sur des fiches et il avait plaqué ses doigts, ses mains, sur une multitude de livres administratifs. En s'évadant il rendait inutiles toutes ces précautions, il neutralisait le système archaïque et prétentieux. L'idée le fit sourire. Il souriait en coin, ironiquement, ayant toujours l'air de se foutre de la tête des gens. Le surveillant lui tendit le mandat de dépôt et le regarda d'un sale œil. La haine qu'il perçut l'enchanta. C'est tout ce qu'il leur demandait. Il se sentait plus fort qu'eux. Il adopta l'attitude la plus insolente de son répertoire et enfila la 5ᵉ division vers la 11ᵉ.

— Ça va, vieux ?
— Salut.
— Te r'voilà ?
— Eh bien, ça alors...

Il répondit de sa main libre et, croisant ce monde souriant, il sourit aussi. Ce n'était pas de l'affectation ; plutôt une sorte de réflexe nerveux. Tous ces hommes, qui se rencontraient dans une triste situation et dans ce triste lieu, n'avaient guère motif à rigoler, ni le temps de préméditer un rictus. Il y avait aussi ce besoin inconscient de porter beau que Borelli se refusait à confondre avec du cabotinage. Il lui tardait d'arriver dans la cellule ; sa jambe droite s'alourdissait. Ce trimbalement depuis le matin lui laissait un goût d'amertume. Il se sentait sale, désuni, flottant, et, dans ce désordre, cette instabilité, la cellule qui n'était plus qu'à quelques mètres faisait office de foyer, d'oasis, de point d'attache. Elle lui fournissait le moyen vital de souffler, de se rassembler. Il traversa l'embouchure du couloir de la 9° division et s'engagea dans la 11°.

Il regardait à droite, côté des numéros pairs. Un pan de mur, puis la cellule 2. Un autre pan de mur et la cellule 4. Il lui semblait marcher dans la rue en regardant le numéro des immeubles jusqu'à destination. Le dernier pan de mur et la cellule 6; son nouvel univers. Au-dessus de la porte, sur une étiquette tournante, un chiffre fixait le nombre d'habitants : 5. Le gaffe [1] fit tourner l'étiquette qui passa du 5 au 6, ce qui donnait six détenus à la cellule n° 6. Un homme ici ne valait que la diminution ou l'augmentation d'une unité sur une étiquette, sur un bulletin d'appel. La clef tourna sèchement dans la cellule et Borelli passa le seuil de la porte qui se rabattit sur ses talons. Le mouvement fut si rapide que le bruit de la serrure et le claquement de la porte n'en firent qu'un. Le garde accomplissait ce geste des centaines de fois, c'était devenu un robot du geste. Dans Paris reposait cette grande prison, où s'entassaient des milliers d'hommes vivant dans des conditions effarantes; du drame en conserve comprimé au fond des cellules, tassé un peu comme l'on tapote sur le sol un sac pour l'emplir davantage. Et là-dedans, lâchés dans des couloirs une clef à la main, des robots. Des types en uniforme qui, à force d'années, ressemblaient à des morceaux de muraille ambulants.

Chaque cellule concrétisait un petit monde à part, une petite parcelle de société complète en elle-même, autonome, avec ses vices, ses blasphèmes, sa pureté parfois, ses larmes et sa révolte, son espérance et son marasme, son spleen du soir et son glaviotement du matin. Il posa son balluchon sur le sol et se présenta.

— Manu Borelli, j'arrive de Fresnes.

Son regard avait rapidement fait le tour des visages qui se détachaient sur les murs lépreux. Il avait une grande faculté d'observation et il enregistra les images comme une

1. Gardien de prison. Venu de l'argot « gaffer », synonyme de regarder.

caméra. Ce qui lui permit de noter l'imperceptible signe de tête qu'un homme plus âgé assis à droite au fond, adressait à un type épais, taillé dans la masse qui se déplaçait de long en large sur une distance de deux mètres. C'était une sorte d'acquiescement. Le type qui marchait parla le premier, la main tendue.

— Roland Darbant, dit-il.

Manu sentit sa main emprisonnée dans un genre de battoir pliant. Il regarda les petits yeux vifs, mobiles, qui animaient une face forte, à l'origine paysanne. Le nom ne lui était pas inconnu; il fouilla dans sa mémoire et se rappela soudain qu'il avait défrayé les chroniques de l'évasion. Il le dévisagea à nouveau s'arrêtant à l'idée qu'il se trompait. Ce paysan ne comportait pas une telle tranche d'aventure, mais comme il ne pouvait demeurer dans le doute en vivant les uns sur les autres, il dit en lâchant la main de Darbant :

— Des histoires d'évasion, je crois.

Le ton était mi-affirmatif, mi-interrogatif. Il avait horreur des questions et d'ailleurs dans ce milieu on ne posait pas de questions. Ce n'était pas une règle générale, mais les truands ne se questionnaient pas par principe. Sans doute les questions des policiers, des juges et du reste, leur suffisaient-elles.

— En effet, répondit Darbant, et il se retourna vers le type assis au fond qui, maintenant, se levait.

Manu confirma sa première impression. Le ton de ce Darbant lui plut. Il le trouvait simple et comme ses exploits lui revenaient par bribes, il ne l'en appréciait que mieux. Cela le changeait des vantardises à n'en plus finir dont la prison bourdonnait.

— Vosselin, dit l'homme qui venait du fond. Roland Vosselin, mais comme il y a un autre Roland, tu peux m'appeler Monseigneur. C'est un surnom. J'ai entendu parler de toi, et je connais tes amis.

Manu se demanda pourquoi on surnommait Vosselin « Monseigneur ». C'est tout un poème un surnom, il le savait, et l'on pouvait souvent attacher de l'importance à cette caricature poussé à l'extrême, condensée en un seul mot, cette peinture incroyablement brève, incisive, fidèle comme une ombre. Monseigneur était très aimable, il s'acquitta des présentations.

— Maurice Willman, dit-il en désignant un grand type blond, d'une distinction assez nette, négligemment protégé d'une canadienne.

Ils échangèrent une poignée de main. Les gestes de Willman étaient ceux d'un homme bien élevé.

Borelli l'apprécia. Il n'aimait pas les gens ordinaires et se détendait progressivement dans cette cellule qui lui paraissait au-dessus de la moyenne. Il reconnut le quatrième occupant. Il s'appelait Georges Cassid. Ils s'étaient rencontrés à l'hôpital dix-huit mois plus tôt.

Cassid avait reçu une balle dans le poumon en essayant de fuir au moment de l'arrestation. Quant à lui, une fracture du fémur par balle le clouait au lit. Dans la cellule les autres appelaient Cassid, Geo. Borelli fit comme eux. On le surnommait aussi le « Caïman »; il mangeait pour se débarrasser d'une corvée et devenait impressionnant dans sa rapidité d'exécution. Il était couché et ne se leva pas. Il extirpa une main de ses couvertures et la tendit avec nonchalance. Ce n'était pas un type pressé et il avait un air bizarre.

Le cinquième et dernier occupant, c'était un titi parisien, un échappé de la Mouffetard. Il s'appelait Jarinc, Jean Jarinc, il avait une femme formidable, des amis encore plus formidables (qui devaient sans doute lui baiser sa femme, mais cela Manu se contentait de le penser tout bas), et il avait fait des trucs formidables, et il avait un avocat incroyable, inouï, formidable.

— Et alors, mon pote, j'suis obligé de décarrer, t'entends. J'suis obligé. Parce que tu vois, que j't'explique. Les mecs qui ont dégueulé aux lardus, qui m'ont balancé, quoi...

Borelli n'écoutait plus. Il regardait les autres et un sentiment de gêne tomba dans la pièce. Des cocos comme ça, il n'en avait que trop connu et il en avait marre. Quand il aura fini de déblatérer, ça ira mieux, pensa-t-il. Il désira subitement que ce Jarinc s'en aille au diable. Il porta ses affaires sur la paillasse aux côtés de Monseigneur, qui lui dit assez bas :

— Il va se casser dans la semaine.

Manu fut heureux pour cette transmission de la pensée. C'était mardi 7 janvier. Avec un peu de chance, d'ici quarante-huit heures, la cellule vomirait Jarinc.

La cellule mesurait 4 × 4. La fenêtre se trouvait face à la porte et donnait sur le mur d'une courette de promenade. Il faisait sombre, ce qui aidait à oublier la misère matérielle du lieu. En regardant la porte, le dos à la fenêtre, on voyait à gauche le water surplombé par un robinet d'eau courante actionné par un bouton que l'on devait coincer à l'aide d'une allumette pour se laver. Les paillasses s'étalaient côte à côte, sous la fenêtre, perpendiculaires au mur; on se couchait les pieds vers la porte.

Au-dessus de cette mistoufle, les hommes avaient installé leurs habitudes. Même dans un trou, l'homme se cale et prend aussitôt des habitudes. L'arrivant découvre par instinct le rythme de la vie et intercale animalement ses habitudes parmi celles des autres.

Au bout d'une heure, Borelli avait creusé son trou, placé ses affaires indispensables sur le coin libre d'une étagère branlante située à droite de la porte. Le reste, il l'enveloppa dans une vieille couverture qu'il déposa sous l'étagère, à même le sol. Les autres le regardaient aller et venir; il représentait l'apport extérieur, le sang neuf qui vient rompre légèrement la monotonie. Sa présence offrirait à tous l'occasion de se raconter à nouveau et peut-être d'écouter le récit d'une autre vie, de pénétrer en une soirée dans l'intimité d'un être qui se libérerait, tôt ou tard, par le moyen de la confession volontaire, à la tombée de la nuit.

— Vous avez un bon trimestre? s'inquiéta Manu.

— Deux cons et un chouet, répondit Monseigneur.

Willman leva la tête; il écrivait, assis sur sa paillasse roulée, le dos au mur, un morceau de carton sur ses genoux.

— Deux cons, dit-il. Je ne trouve pas.

Monseigneur passait sa gamelle à l'eau; l'heure de la soupe approchait.

— Il me fait rire, dit-il, tourné vers Borelli. Tiens, demande à Roland.

Roland marchait toujours, animé d'une sorte de mouvement perpétuel. Il semblait préoccupé par d'autres questions et fit de la main un geste évasif.

— Pour moi, ce sont tous des cons, bâilla Geo encore couché, tourné contre le mur.

— Tout le monde est d'accord là-dessus, dit Manu, mais on peut en trouver des moins tocs. Ils ne sont pas tous comme cette charogne de cobra.

— Oh! çui-là, dit Jarinc. Un jour que j'remontai du bavard [1], il...

— Ça va, dit Geo, garde tes forces pour baiser ta femme.

Jarinc s'arrêta et entreprit de ranger ses affaires pour dissimuler sa lâcheté; il était vraiment temps qu'il sorte. Geo commençait à s'ébrouer. Il s'assit et demanda à Manu :

— A propos, tu te souviens de cette petite à l'hôpital? Tu sais, la détenue. Pierrette, n'est-ce pas?

Borelli s'en souvenait. Elle habitait la cellule voisine. Ils avaient bavardé tout l'été 194... par les vasistas mitoyens. Elle lui avait rendu des services mémorables; les gardiens en général, et certains en particulier, lui témoignaient un vif intérêt. Le plus dur d'entre eux passait des heures à la regarder dormir, béat d'admiration. Pierrette en profita pour plaider un peu la cause de Manu, auquel tous ces braves gens menaient une vie infernale. Un jour, elle lui dit qu'un type formidable venait d'arriver. Il a un regard étrange et il ressemble à Georges Brent, détaillait-elle. Manu regarda passer ce lion devant son guichet à l'heure où il se rendait à la radio. Il ne lui trouva rien de particulier, mais il n'était pas juge d'un sentiment féminin. C'est ainsi qu'il fit la connaissance de Geo Cassid.

— Je m'en souviens, dit-il à Geo. Tu lui plaisais, je crois.

Le visage de Cassid s'anima. Il alla même jusqu'à s'extirper complètement de son grabat. Debout sur sa paillasse, il tenait d'une main l'intermédiaire entre le pyjama et le caleçon long pour l'empêcher de tomber, et, de l'autre, il tentait de rajuster une chaussette. Cela lui parut vite trop fatigant, peut-être inutile, et il marcha sur son talon nu, jusqu'au water.

1. Avocat.

16

Rien ne réussissait à protéger du froid. Les hommes se tassaient sur eux-mêmes, le froid dans les os. Les paillasses, les couvrantes, l'étagère, les gamelles, le sol, les vêtements, le papier à lettres, le pain étaient froids. La moisissure ornait les murs. Les éclaboussures du robinet ne séchaient jamais.

Willman écrivait; il fallait en avoir envie. Monseigneur attendait la soupe; ce surnom lui donnait un air pieux. Il serrait sa gamelle entre ses deux mains ouvertes et lorsqu'il l'éleva à hauteur de ses lèvres, il donna l'impression de servir la messe. Le pénitentiaire appelait ça de la soupe. Willman regarda sa gamelle d'un air rêveur. Peut-être cherchait-il un nom pour en baptiser le contenu. Darbant ayant déjà raccroché sa gamelle le long du mur, reprenait son va-et-vient, passant et repassant au pied des paillasses.

Cassid s'était recouché. Monseigneur mangeait toujours. Jarinc farfouillait dans ses affaires. Borelli avait bu le liquide tiède, trouble et inodore, histoire d'éprouver une autre impression que ce froid éternel. Il se sentait fatigué et prépara sa paillasse pour la nuit. Il n'était que cinq heures de l'après-midi; son choix se limitait à se coucher ou marcher. Il étala son drap cousu en forme de sac et, sur ce drap, sa couverture personnelle. Ensuite, il y ajouta les deux de l'administration. Il était préférable que ce soient elles qui frottent le plancher quand il borderait cette literie de catastrophe. Darbant disait quelque chose contre la chienne de vie. Il venait de terminer une punition de quatre-vingt-dix jours de cachot pour s'être évadé de la Santé dix-huit mois auparavant. La cellule normale lui procurait une impression de demi-liberté.

Monseigneur avait aussi une évasion à son palmarès, et Cassid avait risqué sa peau pour s'enfuir au moment de l'arrestation. Borelli commençait à grouper cela dans son esprit. Jarinc allait partir. Willman restait seul le point d'interrogation. L'ensemble ne se précisait pas, mais néanmoins existait. Ce n'était pas encore ce soir que ce fœtus vivrait. Ce soir, il fallait dormir en s'efforçant de ne plus penser à rien. Il avait mal à la tête comme après les visites au Palais de Justice et le moindre dérogement à la routine quotidienne. Il se glissa dans le sac humide. Sauf Darbant, les autres étaient couchés ou s'y préparaient. Les vestes, les pantalons, les pardessus venaient aider les couvertures à combattre le froid. Les paillasses se touchaient, les vêtements jetés pêle-mêle sur les six hommes couchés côte à côte unissaient cette misère, faisant penser à un immense lit. Manu réfléchissait, les yeux fixés au plafond éclairé par une lumière jaune. Il lui semblait qu'il habitait cette cellule depuis longtemps.

— Demain il fera jour, dit Geo.

Willman avait placé les lettres qu'il venait d'écrire bien en évidence sur le guichet pour que le maton [1] les prenne le lendemain en ouvrant la porte. Il s'inquiétait au sujet de Christiane; elle ne pouvait obtenir l'autorisation de le visiter au parloir, et il se débattait comme il le pouvait afin de maintenir une ambiance. Il écrivait même en dehors de son jour en modifiant la première lettre de son nom. Le vaguemestre avait trop de travail pour pointer sérieusement, et seul le gaffe de la division triant les lettres par ordre alphabétique écartait celles qui ne correspondaient pas au tour de rôle. Willman écrivait tantôt au nom de Cillman, Fillman, tantôt à celui de Pillman ou Rillman; ce truc lui permettait tous les jours d'écrire sous le ricanement de Geo.

— Ce n'est pas avec ta lettre qu'elle se contentera ce soir.

— Tu ne penses qu'à ça, dit Monseigneur, en ajustant sur sa tête une sorte de bonnet russe pour la nuit.

Cassid sortait de sa somnolence dès qu'il était question d'une femme.

— A quoi veux-tu penser ici? répondit-il. Le bas-ventre influence l'homme, mais la plupart sont trop hypocrites pour l'avouer. Moi, si je les perdais, pour une raison ou une autre, je me tirerais une balle dans la tête.

— Avec le flingue du surveillant-chef, questionna Willman.

---

1. Gardien de prison. Dérivé de l'argot « mater », synonyme de voir.

Des rires montèrent dans cette nouvelle nuit qui barricadait déjà la fenêtre.

— Il pourrait toujours se pendre, dit Manu, c'est une belle mort. J'ai connu une sorte de ressuscité; la corde a lâché et il est tombé la tête la première sur un type qui ronflait paisiblement. Il nous raconta son évanouissement dès les premières secondes de strangulation. Donc, il n'aurait pas souffert davantage si la corde avait tenu.

— Il était content de vivre? demanda Roland.

— Non, dit Manu. Il ne voulait plus de la vie. Il a tressé une autre corde très solide et il a remis ça. Même quand nous l'avons tiré par les pieds pour avoir le corps, elle a résisté. Il a fallu la trancher au couteau.

— Après la première alerte, vous auriez dû le surveiller, dit Willman, avec le temps le moral serait revenu. Il vivrait, aujourd'hui.

— Qui peut savoir où est le bien et le pire dans un cas pareil? dit Monseigneur. Et puis on ne peut pas aider les gens contre eux-mêmes.

— Il parle comme un pope, pensa Borelli. Ce surnom est bien à lui; il lui ressemble déjà. Ils couchaient l'un près de l'autre. Borelli tourna légèrement la tête et lui demanda d'où provenait ce surnom.

— A cause de mon oncle, répondit-il. C'est l'évêque de V...

— Je croyais que tu étais seul, dit Manu.

— Tu sais, c'est la même chose. Cette vieille baderne se contente de prier pour mon salut. Il m'envoie un visiteur à demi gâteux en folie. Un jour, il m'a dit « je vous porterai quelque chose », et il est revenu avec un chapelet arrosé par l'évêque. Ils m'ont gavé spirituellement. L'estomac gueule, mais ils n'entendent pas. Je n'ai jamais rien dit. Même si je ne gagne rien, je n'ai rien à perdre avec eux.

— Il aura toujours gagné un surnom, pensa Borelli, un surnom qui l'a inconsciemment transformé. Il ne le réalise pas, mais il commence à s'y refléter; à l'image de ces vieilles personnes qui ressemblent à l'animal auquel elles consacrent leur reste de vie.

Au-dessus du guichet l'œilleton creusé dans la porte

s'obstrua. Ils n'entendaient rien, mais ils devinaient une présence derrière la porte. Les surveillants se déplaçaient en chaussons, la nuit, avec un gros chronomètre pendu par une courroie passée autour du cou. Une espèce de boîte ronde avec un cœur mécanique, un fort tic-tac qui faisait songer à une bombe à retardement. Le chrono oscillait sur le ventre du fonctionnaire, heurtant parfois les portes où il collait son œil. Les prisonniers n'avaient pas besoin de cela pour déceler la ronde.

— Il est là, dit Roland à voix basse. Il vient tous les quarts d'heure.

— Tu crois qu'ils comptent? demanda William.

— Oui, ils comptent la forme des corps et, s'ils ne voient pas les têtes, il faut que le corps bouge légèrement pour les rassurer.

On ne parlait plus de femme. Geo s'était définitivement retourné contre le mur.

— Demain il fera jour, dit-il encore.

Alors le silence revendiqua l'angoisse de ces hommes qui attendirent le sommeil comme une délivrance.

Une clameur progressait vers la 11-6; la ferraille des roues du chariot sur le bitume, les claquements de portes avec ce choc simultané des lourdes clefs dans les serrures résignées, les coups de gueule, le grincement des cuvettes que l'on traîne sur le sol pour les rentrer dans les cellules. Ce tintamarre de roi nègre en déplacement s'amplifiait, mais ce réveil barbare ne concernait pas tout le monde. Dans la 11-6, seul Monseigneur reprit contact avec le froid, l'affreuse journée à recommencer et, dans une seconde, l'uniforme d'un gardien et peut-être sa sale gueule.

Le prisonnier qui servait, brassa le liquide sombre de son énorme louche, comme pour mélanger du bouillon à quelques légumes. Animé d'un automatisme, son geste épousait la circonférence de l'imposante marmite qui trônait sur le vieux chariot. Il était habillé de bure comme le vilain d'un seigneur et son attirail alimentaire ressemblait à la machine de guerre d'une très ancienne armée. Il emplit d'une seule louche la gamelle que tendait Monseigneur.

Sur le manche de la louche, on voyait des placards de soupe séchée que le café n'avait pu dissoudre; à ce signe, Monseigneur pensa qu'il n'était pas chaud. D'ailleurs, il ne fumait pas. Pour ne pas se baisser, il poussa la cuvette avec le pied, par petits coups, à l'intérieur de la cellule. En haute surveillance, chaque soir, il fallait sortir la cuvette, la balayette, un encrier et un porte-plume; c'était là le résultat d'infractions successives. Un type avait dû faire le zouave, la nuit, avec la cuvette et plus tard, un autre, avec un encrier. Sans doute rédiger une lettre clandestine comme si la journée n'y suffisait pas. Les notes de service s'ajoutèrent les unes aux autres jusqu'à ce magnifique résultat actuel. Le ridicule ne tue pas, heureusement pour certains fonctionnaires. Au sujet du porte-plume, on disait qu'un dur à cuire s'en était servi pour crever l'œil d'un gaffe trop curieux, toujours au guet devant son œilleton. Cette histoire circulait dans toutes les prisons de France, assaisonnée d'un luxe de détails. La victime était désignée avec cette particularité d'être chaque fois différente. On choisissait de préférence un borgne. A la Santé, un surnommé « n'a qu'un œil » faisait les frais de l'histoire. Quant à la balayette, pourquoi étaient-ils obligés de la sortir? A cause du manche, sans doute.

Pour toutes ces bonnes raisons, les cuvettes, la nuit tombée, couchaient dehors dans le quartier de la haute surveillance. Elles signalaient les portes de leur présence immobile comme autant de petites bornes étroites. Les bornes de l'inutilité.

Monseigneur imprima la dernière secousse à la cuvette qui se rangea par habitude contre le water, sur le carrelage visqueux. La table pliante, fixée contre un mur, était cassée depuis deux jours; les objets usuels, livres, papier à lettres, restant de colis, tout ce dont ils se servaient plusieurs fois dans la journée, gisaient sur le sol, sous la table. Monseigneur versa du liquide dans un quart et le vida aussitôt. Ensuite, il posa sa gamelle par terre sur un bouquin et il se recoucha. Il était de corvée durant la semaine; cela consistait à prendre le café et le pain, distribués à la plus mauvaise heure de la journée, et à balayer la cellule. Il s'enfonça sous les couverures pour se réchauffer; il lui semblait qu'il n'avait jamais fait si froid.

Il ne put se rendormir. Il pensait à l'arrivée de Borelli et au départ de Jarinc. Il avait eu l'occasion de parler à Darbant si riche d'idées et de possibilités. Quant à Willman, il aimait sa maîtresse à en perdre la raison; il ferait ce que l'on voudrait. Il n'était sans doute pas très courageux, mais le courage dépendait souvent d'une ambiance. On frappa au mur mitoyen de la cellule 11-8. Pour répondre, il fallait se relever, enlever un des cartons qui remplaçait un des carreaux en bas et à gauche de la fenêtre, engager sa tête par ce trou, le front contre les barreaux. Après quoi, l'on pouvait discuter à voix normale. Monseigneur ne répondit pas.

— Toc... toc toc toc toc-toc toc. Toc toc...

— Qu'est-ce qu'ils peuvent bien vouloir à une heure pareille? dit Roland.

Il faisait encore nuit. Les formalités d'ouverture terminées, le couloir était presque silencieux. Cependant, plus personne ne dormait. Ils restaient couchés par luxe. Dans cette misère, de traîner un peu sur les paillasses devenait une compensation. Les voisins continuaient à frapper.

— Merde, merde, cent fois merde, dit Monseigneur.

Il se leva d'un seul coup, enjamba le corps de Borelli, arracha le carton qui masquait l'ouverture du bas, et sa tête disparut à l'extérieur.

— Qu'est-ce que vous voulez? dit-il.

— Y'a un trafic pour la 4, vous le prenez? questionna une voix.

— On le prend, on le prend. Bien sûr qu'on le prend. Mais pas à sept heures du mat'.

— C'est pour Riton, y va au Palais.

Monseigneur allait remettre le carton, mais il se ravisa. Le Palais c'était urgent et puis il connaissait ce Riton.

— Vas-y, dit-il, et il ramassa à ses pieds un morceau de baguette jadis utilisé pour maintenir des fils électriques que l'on voyait se balader de mur en mur, avec la fantaisie d'une guirlande de guinguette

Il tendit la baguette à bout de bras à travers les carreaux et reçut une ficelle fine entraînée par un morceau de savon. Il leva son morceau de bois et la ficelle tomba sur sa main Il rentra son bras, saisit la ficelle de sa main gauche et tira le paquet ficelé à l'extrémité.

— Garde le yoyo, dit la voix, tu me le rendras à la balade.

Monseigneur replaça le morceau de carton et se dirigea le long de la fenêtre en enjambant les corps de Roland et de Willman jusqu'au mur opposé près duquel roupillait Cassid. Il frappa contre ce mur, mitoyen avec la 11-4. On lui répondit aussitôt; ils devaient guetter le trafic. Ceux qui ont besoin sont toujours en attente. Monseigneur enleva le carton du carreau du bas, posa le paquet ficelé sur le rebord, entre la fenêtre et les barreaux, et passa ses deux bras à travers les barreaux, avec sa ficelle roulée comme un lasso.

— Prêt? demanda-t-il.

Et il ajouta :

— C'est pour Riton, ça vient de la 8.

— C'est Riton lui-même, dit la voix. Excuse de t'avoir tiré du lit.

— Ça va, mon p'tit frère, dit Monseigneur, on sait c'que c'est.

Il imprima un mouvement de rotation au morceau de savon, en lui laissant quelques centimètres de fil qu'il maintenait fortement entre le pouce et l'index. Quand il jugea l'élan suffisant, il lâcha le fil et le savon disparut, entraînant sa ficelle dans une trajectoire rectiligne jusqu'au morceau de bois que Riton devait tendre, à travers ses barreaux.

— Ça va?

— Ça va...

Monseigneur glissa le paquet à travers les barreaux et le lâcha dès qu'il sentit que Riton tirait la ficelle. Le paquet tomba sur le sol qui n'était qu'à un mètre du rebord de la fenêtre.

— Je reprendrai le yoyo à la balade, dit Monseigneur, c'est celui de la 8.

— D'ac. Merci, dit Riton.

Monseigneur replaça le carton et en reculant heurta Geo qui grogna.

— Quelle taule! Non seulement il n'y a pas une seule femme, mais on ne peut même pas dormir.

Le trafic avait arraché la cellule à sa torpeur matinale. Manu attendait que Roland termine sa toilette pour se lever. Il regardait les contorsions du torse épais. L'eau du robinet touchait avec un bruit têtu celle qui stagnait au fond du water. Le choc de cette eau contre une autre était semblable dans toutes les cellules. Les bruits de gamelle aussi. Les bruits de la vie étaient semblables dans chaque cellule. Les gestes également, car les besoins étaient identiques, de sorte que Borelli se demanda s'il avait connu d'autres cellules que la 11-6. Il éprouva le besoin de parler à Jarinc. Cela venait de ce que Jarinc le préoccupait beaucoup.

— Tu parlais d'une libération, hier, dit-il. Un non-lieu ou une provisoire?

— La provisoire, dit Jarinc. Le curieux [1] est d'accord. Ça m'rend dingue, tu comprends J'attends! j'attends! J'suis sûr que ma gonzesse est au garde à vous d'vant la porte depuis hier.

— Ce n'est pas prudent, dit Geo On va te la faucher

— Ça m'aurait étonné, dit Willman, que Cassid ne mette pas son mot. Mais, mon vieux, toutes les femmes ne sont pas des putains. Il existe des femmes fidèles.

— Je crois que tu essaies de te rassurer, dit Geo. Remarque, tu peux toujours te lever et envoyer un pneumatique.

— Ma gonzesse, elle m'a dans la peau, dit Jarinc. Elle a jamais manqué. J'ai mes bafouilles, mes parloirs, mes colibards; dans la peau, ça j'en suis sûr.

Geo s'étirait. Il se sentait jeune et la journée commençait en parlant de femmes. Il était si content qu'il envisageait même de se lever.

— Elle peut venir au parloir et se faire baiser, dit-il. L'un n'empêche pas l'autre.

— Tu parles comme ça parce que ta maîtresse est en prison, dit Willman. Alors tu es tranquille, toi.

— Je suis tranquille! Mais mon vieux, elle se tripote peut-être avec une petite camarade. Tu crois que ça vaut mieux?

— Dans ce cas..., dit Willman.

— Il n'y a pas de cas, dit Geo. Il y a la présence. J'en ai trop connu. Il y a le cœur et le sexe. Vous confondez tout. La présence, voilà le problème. La présence continuelle du type qui tourne, qui guette, qui téléphone, qui envoie des fleurs, du type qui est là, libre, avec son désir qui dégage une odeur. Une odeur qui se respire; on la repousse et elle

1. Juge d'instruction.

revient. Et contre ça, mon vieux, on ne peut pas grand-chose, vois-tu

— Comment que t'expliques ça? dit Jarinc

— Moi? je n'explique rien. Il y a des choses qui ne s'expliquent pas. Tu les vois s'accomplir. Tu les regardes et tu te dis : « Après tout, c'est la vie. »

Roland avait terminé sa toilette. Manu se leva, fit quelques mouvements pour assouplir sa jambe droite. Le sang y circulait mal; elle s'engourdissait facilement. Puis il brusqua ses gestes pour se laver et se rhabiller le plus vite possible.

— On va plier les paillasses et on va laver par terre, dit Monseigneur. Ça nous réveillera.

Personne n'avait pris le café. Ils le vidèrent dans le water. A l'heure de la distribution du pain, ils marchaient sur le sol humide, mais propre. La fenêtre s'ouvrait de haut en bas; elle glissait sur des fers doubles qui l'encadraient. C'était la partie mobile de la fenêtre; elle s'étendait de droite à gauche par des carreaux fixes que les prisonniers cassaient pour faciliter les trafics. Ils avaient baissé la partie mobile pour changer l'air; d'ailleurs, il faisait aussi froid dehors que dedans.

La porte s'ouvrit et ils prirent les rations de pain : 200 grammes par tête. Ils tenaient le pain avec précaution, la main creusée en dessous, afin qu'aucune miette ne tombe par terre.

— Y nous arnaquent, dit Jarinc, et on n'a pas de balance.

— On peut le peser sans balance, dit Roland.

Ils se regardèrent, mais il ne sembla pas s'occuper de cette marque d'étonnement.

— Tu prends un élastique rond, le modèle courant que l'on trouve autour des paquets d'enveloppes par exemple. Tu le coupes. Tu attaches un petit crochet à son extrémité; mettons une épingle recourbée. Tu couds un petit bout d'étoffe à l'autre extrémité de l'élastique et tu fixes cette étoffe au mur ou à la porte avec un clou. Car si tu clouais directement l'élastique, il se romprait à la longue. Alors tu prends un jour une ration de pain dont tu es certain qu'elle fasse 200 grammes. Tu passes un fil autour et tu l'accroches à l'épingle courbée. Le caoutchouc descend tiré par le pain, et tu marques la limite de cette descente par un trait. Même principe pour les 100 grammes de viande hebdomadaire.

Roland paraissait ravi comme un gosse de ce bon tour joué aux balances.

— Ce type est ingénieux de nature, pensa Borelli. Il faudrait que ce Jarinc s'en aille. Comme il était difficile d'avoir une conversation suivie dans la cellule à cause de Geo qui se plaisait à inquiéter Willman, Manu attendit la promenade pour s'isoler un peu avec Jarinc. Car au besoin, il l'aiderait à sortir de prison. Ou bien, il monterait une comédie quelconque pour que l'administration le change de cellule.

La promenade avait lieu tous les deux jours. Un jour les cellules paires, un jour les cellules impaires. Aujourd'hui, c'était le côté pair de la division. Il y avait deux grandes cours intérieures divisées en petites courettes. Les divisions 5, 6, 7, 8, 11 allaient dans une cour; les divisions 9, 10, 12, 13, 14 dans une autre. Cela pour le quartier haut. Le quartier bas, totalement indépendant, comptait les divisions 1, 2, 3, 4.

Ce réseau frappait l'arrivant, mais au fur et à mesure que les mois s'écoulaient, les murs se rapprochaient, la longueur des coursives se raccourcissait. Les cours de promenade avaient pour horizon les quatre façades des bâtiments à trois étages, truffés des petites ouvertures barreautées des fenêtres. La cour elle-même n'était que séparations avec des murs, des portes, des grilles, et un dédale de couloirs. Une passerelle supervisait les courettes, permettant à la surveillance de plonger son regard d'en haut. Ce qui les mettait plus à l'abri d'une éventuelle agression.

Ils ouvraient les portes des cellules d'un seul coup; les habitants sortaient dans le couloir restant groupés sur quelques mètres, émanation hésitante de la cellule comme le contenu d'une boîte qui conserve encore un moment la forme de la boîte. Puis ils se fondaient avec une autre cellule en marche, en une sorte de colonne désordonnée, à la fois large et étroite, qui se dirigeait vers les cages de plein air.

Monseigneur manœuvra pour récupérer le yoyo et le

rendre à ceux de la 8. Les hommes se faufilaient par affinité, essayant de lier d'autres conversations, échangeant des livres. Manu suivait Jarinc pour tomber dans la même cage de promenade, de préférence avec des types étrangers à leur cellule. Ce fut facile. Il disposait d'un quart d'heure pour se faire une idée et entreprit d'endiguer le flot de paroles inutiles de Jarinc pour aller vers l'essentiel.

Au bout d'une dizaine de minutes, il comprit que sur le terrain judiciaire, il ne pouvait rien de plus que ce Jarinc. Le plaignant se rétractait, se chargeait, déclarait qu'il avait provoqué Jarinc, trouvant à présent légitime d'avoir fait trente jours d'hôpital. L'accusation de tentative de meurtre s'affaiblissait au point d'en devenir rachitique. Jarinc était « blanc ». Les renseignements de police étaient neutres, presque bons. Le juge promettait une libération; l'ennui résidait dans la lenteur des rouages. On pouvait attendre encore deux mois et Borelli savait qu'en deux mois trop de choses se modifiaient dans une prison. Pendant ce délai l'unité de la cellule pourrait se détruire plus profondément qu'avec la seule présence de Jarinc. La promenade s'achevait dans cinq minutes. Il jeta donc les bases de son projet de mutation.

— Les autres n'ont pas l'air de t'aimer beaucoup, insinua-t-il.

— Oh! tu sais, les autres...

Manu fit tomber la réserve de Jarinc.

— Je les trouve bizarres, dit-il.

— T'as raison. Plus que bizarres, cinglés; un qui tourne en couille avec ses histoires de gonzesses. Le Willman qui a des airs de comtesse et un de ces quat' au matin il va lui arriver quelque chose. Ça c'est sûr. Le Monseigneur est gaga. Le Roland... (et à ce moment Jarinc frappa du tranchant de sa main gauche sur son poignet droit, avec ce mouvement du poignet qui indique la fuite).

Il était dangereux que Jarinc s'imagine cela.

— Tu as raison pour les autres, dit Manu, mais tu te trompes pour Roland.

En parlant, il cherchait une raison pour convertir Jarinc. Une raison qui sorte de l'ordinaire. Il baissa le ton pour donner à ses paroles un cachet de vérité.

— Sa femme lui a dit que s'il n'arrêtait pas les histoires d'évasion, il ne reverrait jamais plus ses enfants. Et il tient aux gosses, tu ne peux pas t'imaginer... Alors il arrête. D'abord son délit date de l'occupation, un truc de cartes de pain. Ça s'arrangera.

Il voyait que Jarinc se persuadait. Il trouva maladroit d'insister et le rebrancha sur la mutation de cellule.

— Ce n'est pas marrant pour toi de vivre avec eux, recommença-t-il. A ta place, je changerais de cellule.

— Tu crois qu'on peut?

— Bien sûr, j'ai changé plus d'une fois. Je connais un truc infaillible. Seulement tu me donnes ta parole d'homme que tu ne l'expliqueras à personne.

— Parole d'homme, dit Jarinc.

La parole d'homme scellait les contrats éphémères dans le monde des prisons et de la pègre. Elle était à la base d'un nombre incalculable de trahisons. D'autre part, certains hommes étaient morts pour elle, indéfectiblement liés, engagés dans une voie sans issue. Poussés dans le dos jusqu'à la mort par l'orgueil, l'opinion des autres; ce n'était pas brillant, mais préférable à ce que Manu entendait de cette canaille de Jarinc, qui, une fois de plus, avilissait le reste de dignité du prisonnier.

Les surveillants ouvraient les cages. Manu appuya sa main sur l'épaule de Jarinc dans une pression rassurante. Il avait conscience de ne pas avoir perdu son temps. Il ne savait pas qu'à la même heure un scribouillard expédiait par la voie officielle l'ordre d'élargissement de Jarinc. Et pendant que le troupeau regagnait lentement les couloirs intérieurs, la libération de Jarinc s'acheminait vers la Santé. Un peu comme le bras qui se déplie lentement, avec une main dont les doigts s'allongent vers un levier. On ignore si ce levier ouvre une porte, déclenche une explosion ou lance un train. On sait seulement que c'est chose.

La justice lâchait Jarinc. Lui ne se doutait pas qu'il regagnait la 11-6 pour la dernière fois.

Roland, Monseigneur, Willman, Cassid et Borelli se retrouvaient dans la cellule après cette promenade, en compagnie d'un Jarinc qui n'était déjà plus des leurs.

Jarinc ne ressentait rien, il rejoignait ses habitudes, répétant les vieux gestes de chaque retour de promenade.

Sa libération était signée, en fait il était libre, mais aucun fluide ne l'en avertissait. Il continuait à vivre comme un prisonnier. Sa présence pesait sur les autres comme si elle était éternelle. L'intuition ne visitait personne. Il fallait que la Société, par l'intermédiaire du gardien de service, annonce la nouvelle à ceux de la 11-6.

— Jarinc. Qui est-ce? demanda-t-il, en entrant.

— C'est moi, répondit Jarinc, pourquoi?

Le sang refluait vers son cœur. En deux secondes, un film traversa son esprit; sa libération et une subite aggravation de son affaire se mêlaient, montaient, redescendaient. Ce pire et ce meilleur dansaient follement, s'imprimant en gros plan à tour de rôle derrière son front, et une envie de vomir emplit sa bouche.

— Liberté immédiate. Allez, grouillez-vous, dit le gaffe.

Jarinc rompit son immobilité pour se trimbaler de droite et de gauche avec des objets qu'il voulait rassembler, en redéposant la moitié, là où il l'avait prise, avec la désunion des gestes commandée par les émotions fortes.

Monseigneur, en vieux taulard, entreprenait de l'aider avec son habituelle précision. Les autres regardaient sans bouger, et, en voyant Jarinc se préparer à rejoindre la rue, ils pensaient à leur existence, à une libération si problématique qu'ils ne pouvaient l'envisager sous l'angle de la légalité.

— Tu vas pouvoir baiser ta femme, dit Geo.

— T'as raison, dit Jarinc.

— N'oublie pas les couvrantes, la gamelle et tout le reste, dit Manu, ils te les feraient payer.

— T'as raison, dit Jarinc.

Willman farfouillait dans le coin où s'entassait le nécessaire à écrire.

— Tiens, ton mandat de dépôt, dit-il à Jarinc.

— T'as raison, dit Jarinc.

Jusqu'à la fin, ils n'obtinrent plus de lui que cette réponse contractée, nerveuse, vaine comme une balle perdue. Avec le gardien, un peu abruti sur les bords, appuyé au mur près de la porte, qui disait par principe :

— Allez, mon vieux, grouillez, grouillez!

Roland remarqua le « mon vieux » paternel du surveillant. Le libérable a droit aux égards. Le prisonnier qui retourne dans la vie, on peut le rencontrer demain au coin d'une rue. Auprès de cet homme qui a un pied dedans et un dehors, qui, moralement et sur le dossier se trouve déjà libre, ils ont un peu honte de leur emploi de surveillant.

Ils voudraient faire oublier l'uniforme, ne plus être un lâche : un de ceux qui se jettent à dix sur un homme au moindre signe des gradés. Ils y réussissent car le libérable n'est déjà plus le détenu d'il y a une heure. La vie s'en empare dès l'ordre d'élargissement. Il n'a déjà plus le temps de se remémorer les plans de vengeance élaborés sous la contrainte.

C'est l'histoire de l'adjudant de quartier qui, après avoir harcelé les types pendant des mois, les réunit et leur adresse quelques mots d'adieu la veille du départ; et ces gens qui rêvaient séparément de lui caresser les côtelettes le lendemain de la quille, se surprenaient à se dire :

— Dans le fond, il n'était pas si mauvais que ça, ce gars-là. Il faut le comprendre. C'était pas toujours drôle pour lui non plus...

Jarinc serrait les mains à la sauvette, le balluchon sur l'épaule, le corps engagé des trois quarts dans le trou béant creusé par la porte ouverte. Le surveillant claqua la serrure et demeura un instant devant la porte, pour modifier l'effectif de la cellule. A la 11-6, ils n'étaient plus que cinq.

— Dans la division, il y a des cellules de quatre, dit Manu. Il faudra refuser un arrivant tant que toutes les cellules ne seront pas à cinq.

— A moins que nous ne le connaissions, dit Monseigneur.

Ils furent tous de cet avis, et comme la conversation prenait une tournure dangereuse, ils baissèrent instinctivement le ton sans y penser, comme en pénétrant dans une église ou un cimetière. Et Roland le spécialiste se mit à parler.

— Voilà les grandes lignes, dit-il. Ils ont pris trop de précautions contre une évasion aérienne, par les toits. Il ne reste que le sous-sol. Il existe un endroit devant lequel s'est arrêté Fargier en 194... A mon avis, il s'est découragé trop vite. Il pouvait tourner l'obstacle. De toutes les manières, la liberté d'action dans les sous-sols, c'est la victoire certaine. Seulement, il faut y aller.

— Fargier avait agrandi l'orifice à air chaud, dit Manu. Il avait descellé la plaque et il la remettait dans la journée pour les fouilles. J'ai connu un des types de cette cavale [1].

— C'est infaisable maintenant, dit Monseigneur. Quand ils fouillent une cellule qui enferme des types repérés pour évasion, ils sondent la plaque. Et puis elle est en face de la porte. Les risques de montée et de descente sont trop grands.

— Moi, des risques je m'en fous, dit Geo.

Monseigneur pensa que se foutre de tout n'était pas une solution, mais il ne répondit pas.

— Et le matériel? questionna Manu pour dissiper un début de malaise.

— J'ai des amis dehors, dit Roland.

— Moi aussi, j'en ai. Mais il faut que le matériel nous arrive.

Willman ne disait rien. Il pensait à Christiane et au miracle de cette évasion. Et ensuite? Ensuite, qu'importait! La toucher d'abord, coller sa bouche sur ses lèvres molles, entrouvertes, avec cet amour qui tomberait sur eux, les retrancherait de la terre.

Les hommes qu'il écoutait dans la cellule ne lui ressemblaient pas. Il en avait secrètement peur. Il ne se sentait en confiance qu'avec Roland. Au fur et à mesure du progrès de l'évasion, il tenterait de le ramener à lui, de rester avec lui une fois dehors. Il aurait besoin d'une aide pour avertir Christiane et pour beaucoup d'autres choses.

Ils discutaient toujours sur les moyens de faire rentrer les lames de scie, les lampes électriques, l'argent liquide.

— Je peux le faire, dit Willman.

Manu n'avait pas une grande confiance dans ce Willman. Il était certain qu'au moindre coup dur il se mettrait à table. Mais ce Willman désirait sa femme à un tel degré

1. Évasion.

qu'il offrait une sécurité. Maintenant il voulait les **aider.**
D'accord; il était bon qu'il se mouille. Il n'en serait **que**
plus lié à la cause.

— Que proposes-tu? dit-il à Willman.

— Eh bien, voilà. Un de mes avocats emploie un jeune
stagiaire. Il me l'envoie à titre de secrétaire. J'en fais ce
que je veux, surtout qu'il n'a pas l'intention de continuer
au barreau.

— Je connais ce genre de type, dit Manu. Ce n'est pas
bon. Il ne faut pas lui parler d'évasion. Il est capable d'y
attacher un esprit d'aventure, d'exploit sportif, et d'en
inonder son entourage. Et de fil en aiguille, la police le
saura.

— Qui parle de l'affranchir? dit Willman. Il compatit
à ma misère; je vais lui raconter une histoire de chausson
avec une semelle orthopédique. On mettra les scies dedans,
je remonte avec les chaussons aux pieds.

— Il connaît ta femme, ce type? dit Geo.

— Oui. Pourquoi?

— Ma parole, il fait ça pour elle.

Willman s'était levé.

— Qu'est-ce que tu veux dire par là?

— Rien du tout, dit Monseigneur en se plaçant au
milieu. Tu ne vois pas que les histoires de femmes le
rendent cinglé, je t'en prie, dit-il à Cassid, laisse-le tranquille
avec ça.

Geo Cassid était accroupi, drapé dans une couverture
rabattue sur son front, comme un Indien retiré des affaires.
Borelli aimait ce garçon calme, un peu enfant. Il tira le
bout de la couverture, et le visage de Geo disparut comme
un décor derrière le rideau qui tombe.

— Bientôt tu auras tellement de femmes, que tu n'y
penseras plus. Dès qu'on possède ce que l'on désirait, on y
pense moins.

— Très juste, dit Monseigneur, je m'aide toujours d'une
fille que je n'ai pas eue.

Willman s'assombrissait. Il souffrait d'entendre parler
d'amour physique alors que Christiane vivait seule. Elle
était en butte à une foule de propositions; rien qu'à l'idée

qu'un autre que lui pouvait l'embrasser, la déshabiller, il avait envie de tuer

— Qu'est-ce qu'on décide? demanda-t-il. Vous portez les chaussons là-bas.

— Je le ferai, dit Roland. Marque l'adresse sur un papier. Les lampes sont trop volumineuses, on fera rentrer des piles rondes dans des pommes de terre, et je fabriquerai des boîtiers avec du carton.

— C'est d'accord pour le travail, j'ai vu le confectionnaire, dit Monseigneur.

Borelli nota que Monseigneur et Roland avaient déjà parlé de cette évasion tous les deux avant qu'il vienne de Fresnes. Roland se leva et se dirigea vers l'angle du mur sous l'étagère, à droite en regardant la porte.

— Nous creuserons là, dit-il. Dans la journée, nous tirerons la pile de carton sur le trou.

— Ça ira, dit Monseigneur, il va nous porter du décorticage.

— Beaucoup, demanda Roland.

— Tant qu'on voudra.

Roland calculait qu'avec les cartons de 1 × 50, empilés, on obtiendrait une hauteur respectable qui abriterait les montées et les descentes, et un poids d'une tonne qui rebuterait l'effort des gaffes pendant les fouilles. Le soir, on tirerait la pile posée sur des sacs, pour découvrir le trou. Le matin, on remasquerait le trou.

— Nous garderons toujours une avance de cartons, dit Roland. Car si le confectionnaire ne recevait pas la matière de sa maison, il nous mettrait en chômage. J'ai déjà vu le cas. Et le trou, une fois percé, nous ne pouvons le dissimuler qu'avec des cartons.

— On commence quand? demanda Willman.

— Le plus vite possible, dit Roland. Dès la livraison des cartonnages, nous attaquons.

— A la soupe, je vais demander le taulier du boulot, dit Monseigneur. Il peut nous livrer dans l'après-midi. Demain jeudi, on pourra s'y mettre; ce n'est pas le jour des parloirs ni des colis. La fouille va passer cet après-midi ou demain matin. Donc rien demain après-midi. S'ils ne passent pas

34

avant, on remettra. Il ne faut pas courir de risques idiots.

Roland n'avait pas un besoin immédiat des lames de scie. Il espérait fracturer la porte de la serrurerie située dans le sous-sol de la 8ᵉ division. Il y puiserait le matériel nécessaire. Le début consistait à accéder dans les immenses sous-sols de la prison et, de là, on s'orienterait. Il ne pouvait pas compter sur les autres pour diriger les travaux; Cassid, Monseigneur, Borelli étaient des hommes d'action qui tenteraient du surhumain pour s'arracher de là, mais en dehors de toute ingéniosité manuelle. Pendant son dernier séjour au cachot, il avait réfléchi dans le détail à l'évasion actuelle. La cellule offrait une sécurité. La libération de Jarinc était de bon augure. Les possibilités d'obtenir du matériel se profilaient. Il se remit en marche de long en large; dans le mouvement, son esprit fonctionnait mieux.

— Vivement la soupe, dit Manu.

L'arrivée de la nourriture n'avait plus la même signification pour ceux de la 11-6 que pour les autres prisonniers. La soupe aujourd'hui, c'était la demande de travail, le premier pas de cette aventure. Pour des raisons différentes, ils étaient tous plus pressés les uns que les autres de s'enfuir. Roland agissait sous l'impulsion d'une sorte de défi lancé à l'administration. Il avait déjà gagné sur ce même terrain de la Santé, en fracturant une porte blindée d'un sous-sol, près des cuisines. Repris, il avait subi le discours du directeur Sarquiet.

— Darbant, lui avait-il dit, on ne passe plus (« très Verdun », le type). Je suis un ancien officier de char. J'ai visité ma prison dans les moindres recoins (et il frappa le sol du talon). Mes précautions sont prises. Je connais les hommes; je sais que vous voulez continuer. Je vous le répète sans phrase, Darbant, on ne passe plus; et je vous considère comme un utopiste.

Darbant se disait à chaque heure : « Je dois passer — il faut que je passe — je passerai. » Il ne vivait qu'avec cette idée, elle le soutenait. Dans la crainte de s'amollir, il prévoyait des dates limites qu'il cochait sur son calendrier; avant la première, il se devait d'entreprendre une tentative.

Il jetait sa vie dans la balance risquant sans arrêt de la perdre, et il trouvait qu'avec cette incalculable mise de fonds, il devait gagner.

Monseigneur avait connu une forte période de dépression. Il s'était secoué en vertu d'un sentiment un peu fleur bleue dont il ne parlait à personne. Il avait appris que sa fille âgée de dix-huit ans, devenait de plus en plus difficile à diriger, se livrant à des fugues qu'un vague cousin tuteur ne parvenait plus à stopper. Monseigneur craignait une pente fatale jusqu'à la prostitution, et ce vieux brigand en éprouvait un indicible chagrin.

Il lui sembla brusquement qu'il n'était pas bousillé, qu'il devait mugir encore une dernière fois, livrer un ultime combat à la société pour lui arracher de quoi protéger sa fille. Après, qu'ils viennent. Il rêvait trop souvent d'une bataille qui le laissait criblé de balles, pour que son destin n'y ressemble pas — « ils seront nombreux, pensait-il, et je ne pourrai plus rien tenter; je ne mourrai même pas dos à dos contre un ami. Mon dos raclera un mur quelconque en glissant vers le sol, et si je ne vois plus ceux qui me ramasseront, du moins ne pourront-ils plus me faire souffrir. » Avec la mort on se soustrait, on s'échappe encore.

Manu, lui, ne pensait pas à la mort, il prévoyait une condamnation perpétuelle, et se refusait à tourner dans une cour de centrale toute sa vie. Ses dernières tentatives d'évasion étaient mises sur le compte d'un besoin de gangstérisme et d'une soif de vengeance au sujet de la mort de son frère. En quoi les gens se trompaient. Le gangstérisme n'était pas une obligation pour lui et ses conceptions sur la vengeance ne rejoignaient ni celles de la pègre ni celles de la classe moyenne des humains en général. Il voulait s'évader pour ne plus vivre en prison; une lapalissade qui n'a l'air de rien, mais qu'il faut avoir le courage d'accepter, d'assimiler et ensuite d'exécuter. La mise en œuvre approchait.

Tout à l'heure, le pied de Roland avait marqué l'emplacement du premier assaut, du premier danger. Geo Cassid ne voulait pas considérer cet horizon, ce chemin semé de pièges à loups, de mines, sur lequel il faudrait s'avancer soutenu par le courage, la chance. Dans les parachutistes, il sautait au-dessus des terres noyées de nuit, sans penser à rien. Il était toujours temps de se tracasser une fois au sol. Aujourd'hui, il serait toujours temps de se tracasser en face d'un surveillant à étrangler, car pour des murailles à percer, il jugeait que cela n'en valait pas la peine. Il s'évadait d'abord parce qu'il était trop long de vivre sans femme. Ensuite, il n'admettrait pas que son aventure puisse se terminer d'une façon si lamentable; il croyait n'en vivre qu'un épisode dont il n'avait perdu que la première manche. En deuxième partie venait l'évasion et, une fois libre, l'attaque de la voiture cellulaire, ou même de la Roquette si le besoin s'en faisait sentir, pour délivrer sa maîtresse, et fuir ensemble de ville en ville, de pays en pays, dans la violence de leur passion.

Ils feraient une sorte de religion de leur jeunesse, de leur amour et du danger. Ils jouiraient de leurs corps et du danger. Personnellement il trouvait l'angoisse voluptueuse. Les préparatifs de l'évasion l'intéressaient peu. Il se rassemblait pour l'action proprement dite. Livré à lui-même, il n'eût jamais pensé à construire une évasion compliquée. Il se serait contenté d'une tentative désespérée au Palais de Justice, un coup de force avec l'aboiement des automatiques des gardes mobiles, derrière son dos. Il n'avait pas de préférence entre ce procédé et les projets actuels. Simplement, il n'éprouvait pas le besoin de se démener en dehors de la 11-6. Il était le plus ancien de la cellule avec Monseigneur.

Avant l'arrivée de Darbant et de Borelli, ils parlèrent d'évasion sans but précis — comme ça — histoire de ne pas accepter complètement la défaite. Cependant l'intention stagnait en eux. Monseigneur saurait mener les détails à bien. La soupe approchait. Le chariot s'immobilisa devant la 11-4. Monseigneur reconnut la voix du gaffe.

— C'est un toc, dit-il. Mais il sera obligé de prévenir le confectionnaire.

Le chariot poussa son bruit sur quelques mètres, et la porte s'ouvrit violemment.

— Soupe, dit le maton.

Ils sortirent un à un avec leur gamelle, toujours un peu éblouis par la plus forte luminosité du couloir, un peu étonnés aussi de franchir le pas de cette porte continuelle-

ment close qui bornait leur territoire aux quatre murs.
L'habitude était prise des limites, les corps s'y conformaient,
les jambes perdaient le privilège de parcourir dix mètres en
ligne droite.

— On pourrait voir le confectionnaire? demanda Monseigneur.

— Qu'est-ce que vous lui voulez au confectionnaire?
répondit le gaffe.

Le ton, triste mélange de sentiments défavorables, fit
tourner la tête à Borelli qui, sa gamelle servie, s'apprêtait
à rentrer. Il ricana.

— C'est pour jouer à saute-mouton. A moins qu'il ne
faille s'adresser au brigadier, ajouta-t-il.

— Vous, ça va, grogna le gaffe.

La gamelle de Monseigneur était encore vide, il tendit
son bras au-dessus de la marmite et questionna en même
temps.

— Et alors?

Le gaffe pensait au brigadier. Malgré son envie de ne
faciliter en rien les détenus, il craignait des réparties comme
celles de Borelli. Il ne brillait pas par son intelligence, mais
comprenait sans trop de mal qu'il aurait des ennuis. Donc,
il enverrait le confectionnaire, et à la première occasion
coincerait les vermines de la 11-6.

— Je lui dirai, dit-il. Si je le vois, bien entendu.

Il répéta encore « si je le vois » et invita Monseigneur à
réintégrer la cellule, du bout de la lourde clef.

— J'espère que vous le verrez, dit doucement Monseigneur.

Le chariot s'éloigna vers la 11-8. Manu et les autres
se regardèrent. Pour parler, ils attendirent que le chariot
s'enfonce davantage. Ils le firent instinctivement, sans se
concerter.

— Quel salaud, dit Willman.

— C'est la prison, dit Roland. Mais à partir d'aujour-
d'hui il faut user de diplomatie. Nous ne pouvons nous
payer le luxe d'aller au prétoire même pour une bricole.
Cela fait repérer la cellule et risque d'occasionner une
mutation. Et le nouvel arrivant peut tout empêcher.

— La même chose pour les trafics, dit Monseigneur.

On va ralentir. On va affranchir la 8 et la 4 de ne pas déranger sauf urgence. On va leur dire que nous avons tous des sursis de cachots, et que nous plongerions au moindre truc. Ils trafiqueront à la promenade. Par la fenêtre, c'est dangereux.

Chacun mangeait la soupe sans y penser, rapidement, comme pour se débarrasser d'un travail fastidieux et pouvoir plus librement débattre le grand projet.

— Pour bien faire, dit Roland, il faudrait que le confectionnaire vienne au début de l'après-midi et nous livre dans la soirée, et que la fouille passe avant demain midi, Alors, nous creuserions demain après-midi et dès le soir l'accès dans le sous-sol serait prêt.

— Et le bruit? s'inquiéta Willman.

— Pas excessif, dit Roland. La cellule est loin des tables fixes des couloirs et l'après-midi la distribution des colis crée un mouvement, une sorte de brouhaha dans les couloirs.

L'échange des idées continua, ne laissant que Cassid à l'écart. Il lisait une moyenne d'un bouquin par jour, dormait et parlait de femmes à la moindre occasion. On entendit au loin les portes s'ouvrir et se fermer dans les couloirs, sur toutes les coursives, à tous les étages. L'heure de la relève, avec le ramassage du courrier et sa distribution, amena le surveillant de l'après-midi. Surnommé Bouboule, à cause d'un physique rondouillard, il accomplissait son travail avec bonhomie. Il avait toujours un mot pour rire.

— Il est marrant, même dans le drame, dit Manu. Une fois, à la 12ᵉ division, il y a un type qui s'était pendu à la tablette du guichet. Il fallait avoir envie de mourir, je vous le dis. Cela se passait un dimanche pendant les douches. Lui, il était resté disant qu'il était malade. Bouboule se trouvait de service. Il n'avait pas vu d'inconvénient et avait refermé la porte en le laissant seul dans la cellule. Le type s'appelait Caron. Tu l'as connu, toi, Monseigneur?

— Oui, dit Monseigneur. C'était le complice de Zizi le Polonais. Il avait pris perpète.

— Exactement, continua Manu. Il était de gauche et il

m'expliqua un jour qu'après avoir milité toute son existence dans les usines pour élargir la liberté, il préférait se tuer que de crever de vieillesse en centrale. Il ne réunissait aucune condition pour s'évader et on l'inculpait d'une sale histoire.

— Pour se pendre au guichet, le dos contre la porte, il fallait déjà être mort avant, assassiné par le résonnement. Ce fut un suicide réfléchi. Il dut attendre trois semaines, le tour des douches. Regardez la hauteur de la tablette; il a été obligé de se pendre assis et de se croiser les bras pour ne pas être tenté de poser les mains sur le sol au moment de la strangulation. Au retour des douches, Bouboule tenta d'ouvrir la porte. Le poids du corps, avec les jambes allongées à ras du plancher, les talons appuyés au sol, bloquait la porte. Il y eut vite un attroupement.

— J'étais là avec Robert de Toulouse qui habitait deux cellules plus loin. Finalement, Bouboule tira comme un forcené. La porte s'ouvrit brusquement, la cordelette cassa et le mort vint s'abattre aux pieds de Bouboule; nous entendîmes le choc de la tête sur le ciment. Silence complet, pesant. Le Bouboule ne pouvait plus bouger. Vingt ans de carrière, avoir tout vu, mais pas un macchabée accroché au bout d'une porte.

« Ce fut lui qui parla le premier. " Ça alors, dit-il, ça alors. Ah! les vaches, à moi! Me faire ça à moi! Et une fin de trimestre encore. Comme s'il ne pouvait pas attendre une semaine de plus pour faire ses conneries. " Cela servit d'oraison funèbre à ce Caron. Bouboule appela les bricards. " Ils se démerderaient, disait-il. Après tout, la sardine sur la manche, c'est eux qui l'ont ou moi? " Et les types commencèrent à rigoler autour du cadavre tellement les mimiques du Bouboule étaient marrantes. Ce soir à la soupe, s'il a un peu de temps, je vais le brancher sur l'histoire; il aime la raconter. »

Depuis que le principe de l'évasion était posé, Roland n'était jamais complètement présent dans les conversations, sauf celles qui servaient la cause de la fuite. En cette minute, il regardait les deux fers plats entre lesquels glissait la fenêtre.

— Il nous faut un passe-partout, dit-il. Ce fer plat est tout indiqué. J'ai juste besoin d'un morceau de lame pour le travailler un peu.

Manu savait où trouver une scie dans la division à condition de la rendre dès que l'on toucherait le matériel par Willman.

— Je peux en avoir une, dit-il. Le garçon la garde pour s'en servir ailleurs : il en a encore pour trois ou quatre mois ici. Nous aurons le temps de la lui rendre.

— Quand pourras-tu l'avoir? demanda Roland.

— Le mieux serait pendant la fouille, dit Manu. Monseigneur leur tiendra un peu le crachoir dans la cellule, et puisque nous attendons dans le couloir, j'irai facilement. C'est la cellule du bout, à l'opposé de la table, et Bouboule passe son temps assis à la table. C'est un ramier de première.

— Avec le froid, j'ai peur qu'il n'aille et vienne, dit Roland.

— Eh bien, Willman ira le brancher, il est assez beau parleur.

— Attaque-le sur les femmes, dit Cassid. Ça plaît à tout le monde, et ça te soulagera.

Willman haussa les épaules et prit cet air distant, un peu mondain, qui transformait, une seconde, la cellule en salon.

— Mes aventures ne concernent personne, dit-il. Surtout pas un garde-chiourme. Et les sentiments du cœur se conservent en soi.

Geo secoua ses mains sous la couverture, dans un geste enfantin.

— Oh les sentiments du cœur, blagua-t-il. Que c'est romantique! Dis-moi que tu en deviens fou, que ta peau hurle de ne plus pouvoir se frotter contre la sienne, et que tes mains ont conservé cruellement le poids de ses seins et la courbe de son corps. Alors je te croirai. Dis-moi que tu confonds cela avec l'amour, mais ne me parle pas de sacrifice, ni de la noblesse du cœur. Nous sommes arrachés de la vie, Willman, retranchés. Cette privation d'un autre corps est si violente, si contre la nature qu'elle me fait penser au coup de silex qui tranche un ver de terre en deux. Les tronçons se tortillent. Le soir, quand tu te tournes et te retournes sur ta paillasse, quand tu remontes

tes genoux contre ta poitrine, et qu'aussitôt après tu allonges les jambes parce que tu ne parviens pas à trouver une bonne position, quand tes mains s'ouvrent et se ferment dans le vide, tu es comme le ver sectionné.

Borelli et les autres écoutaient, surpris, la tirade de Geo. Ils sentaient que leur ami se délivrait un peu de son fardeau, et sa souffrance, avouée sous le déguisement du cynisme, résonnait en eux dans les profondeurs de l'être, jusqu'à l'endroit du corps où la douleur des chocs séjourne le plus longtemps; jusqu'aux os. Geo, après un court silence, parla encore, nettement pour lui-même, le regard perdu sur le carrelage du water.

— Le ver torturé aux tronçons qui se cherchent est plus heureux que nous, murmura-t-il. Les tronçons ne pensent pas. Ils n'imaginent pas...

Monseigneur nota l'abattement de Willman. Il jugeait que cet état était à la fois bon et mauvais. La passion de Willman les servirait, mais ce type était faible. Si la tristesse qui se dégageait trop souvent des discours de Geo incitait Willman à sortir de ce bourbier, elle le détruisait en même temps, le plaçant trop bas sur l'échelle de la décadence.

Monseigneur songeait à conseiller Geo. Il se disait aussi que l'évasion, une fois en route, occuperait et fatiguerait chacun, au point que rien d'autre n'aurait d'importance. Il acceptait l'échec éventuel, à condition qu'il émane d'un événement inévitable, imprévisible. L'administration avec ses clefs, ses murailles, ses bureaux, ses miradors, ses surveillants, se plaçait entre le prisonnier et le coin de la rue. Ce serait une prouesse de tourner le coin de la rue; les obstacles réglementaires suffisaient sans encore y ajouter les frictions à l'intérieur de la cellule, les erreurs de nuance qui détruisaient l'équilibre. Monseigneur, dans la crainte qu'une fois averti, Geo soit pire ou plus maladroit que livré à lui-même, décida d'attendre. Il était difficile de ne pas se tromper dans ce genre de circonstances. Il était payé pour savoir que le véritable coup dur venait de là où les yeux ne se portaient jamais.

On entendit une porte s'ouvrir doucement dans les parages.

— Ecoutez, dit Roland. Je crois que c'est la fouille. On va regarder dans le couloir.

Une plinthe moisie courait irrégulièrement le long du mur, comme un message en morse. A un endroit précis, il écarta d'une main le bois, et de l'autre chercha le petit miroir de la cellule : une richesse, puisque interdit en haute surveillance. Il s'accroupit près du water et brisa la glace sur le carrelage. Il récupéra le débris le plus long et le ligota à l'aide d'un morceau de fil contre le manche d'une brosse à dents.

— Un peu plus tôt, un peu plus tard, il fallait en passer par là, dit-il. Sans un coup de rétro dans le couloir, on ne peut rien entreprendre.

Normalement l'œilleton devait comporter une vitre; elle ne subsistait dans aucune cellule. L'administration incapable de surprendre les coupables sur le fait, et lasse de remplacer les petites vitres rondes sans compensation, laissait courir. A l'extérieur, un petit volet mobile se rabattait sur le trou. Mais, de l'intérieur, l'absence de vitre le rendait accessible. Roland appuya l'extrémité du manche de la brosse à dents contre le volet et manœuvra jusqu'à ce que le manche trouve le chemin libre.

— Ils ne sont pas à gauche, dit-il bientôt. Ah! ils sont en face vers la droite...

— Alors ils fouillent au flan, dit Monseigneur. Ce n'est pas l'ordre habituel. Dès qu'ils sortiront, on donnera un ou deux petits coups légers contre la porte. Sinon, ils viendront Dieu sait quand. Il faut s'en débarrasser.

— S'ils fouillent comme tu l'expliques, dit Willman, ils peuvent venir tout à l'heure et encore demain.

— Ils le peuvent, mais ne le font que sur ordre spécial, dit Manu. En principe, ils te notent sur un cahier après leur passage. Alors, qu'ils aient fouillé en suivant de cellule en cellule ou au hasard de droite à gauche, c'est pareil. Ils sont passés, c'est le principal; ils ne courent pas après le travail, vous le savez.

Monseigneur avait pris la place de Roland au poste de guet.

— C'est la cellule de Sadji, annonça-t-il. Ce n'est pas lui qui leur tiendra la jambe.

Roland inspecta la cellule, soulevant les paillasses.

— Si vous avez un objet qui craigne et qui ne soit pas vital, détruisez-le, dit-il. Il n'y a plus aucun risque à prendre, même léger, en dehors de l'évasion.

Manu avait un canif qu'il dissimulait dans du pain. Il le trimbalait depuis longtemps sur lui. Le canif avait résisté aux transferts, donc aux fouilles de départ et d'arrivée des différentes prisons. Manu n'y pensait plus, tellement il y était habitué. Il ne sut pourquoi, mais la phrase de Roland rendit au canif son intérêt du début, son prix émotionnel lorsqu'il l'utilisa pour la première fois; il jetait des regards inquiets vers la porte et au cours des fouilles, il se contenait pour ne pas regarder dans la direction de la cachette.

Et puis, avec le temps, il avait manié des scies, des cordes, s'était enfoncé dans le danger au point d'en perdre conscience. Aujourd'hui, le canif concrétisait un risque qui lui sembla tellement énorme, qu'il l'extirpa du quignon de pain receleur et le jeta dans le water. Il en serait quitte pour affûter le manche de sa cuillère, comme aux premiers jours de sa détention.

Il avait jeté son canif et tout à l'heure il ferait vingt mètres, dix pour aller et dix pour revenir avec sa main crispée sur une lame de scie (dans un couloir où il n'avait qu'un droit, celui de rester face au mur en attendant le résultat de la fouille de la cellule). Il songea à ce paradoxe, l'accueillant comme la conséquence d'une période extraordinaire de sa vie, une sorte de cauchemar où au cœur de Paris, il s'apprêtait à creuser un tunnel pour retrouver la liberté. Son regard croisa celui de Roland; il avait farfouillé dans tous les coins et il se rapprochait de Monseigneur. Dans ses yeux on lisait une calme détermination, une paix de commencer la lutte.

— Ils sortent... dit Monseigneur.

Presque aussitôt, on entendit le bruit de la clef. Monseigneur retira la brosse à dents se mettant en devoir de couper le fil qui maintenait le morceau de glace contre le manche. Puis il enleva un des cartons de la fenêtre, et, passant son bras au-dehors, il glissa la lamelle de miroir dans une fente de la boiserie crevassée.

— Allez, dit Borelli, on les appelle...

Et il se plaça debout, le dos à environ un mètre de la porte. Roland le poussa contre la porte à plusieurs reprises. De l'extérieur, les chocs répétés donnaient l'impression que l'on se battait dans la cellule. Ils cessèrent le manège au bout de quelques secondes, et Manu resta contre la porte pour obstruer l'œilleton. Il ne les entendait pas marcher dans le couloir et se demandait s'ils n'avaient pas quitté la division lorsqu'il perçut un léger chuintement du petit volet en fer, tournant sur son axe. Ils étaient derrière la porte et celui qui regardait, ne voyant rien, engagea sa clef dans la serrure. Manu fit deux pas rapides et vint s'asseoir sur une paillasse, face à la porte qui s'ouvrait maintenant.

Avec leur blouse bleue, ample, par-dessus l'uniforme, ils ressemblaient à des maquignons.

— Tiens, la « vague [1] », dit Monseigneur. Rien à déclarer.

L'un des deux était grand, épais. Pour les mèches poil de carotte qui dépassaient parfois du bord douteux de sa casquette, des pommettes rougeaudes, couperosées, et une bienveillance qui ressemblait à une porte de prison, les détenus le surnommèrent « La vache rouge ». Il le savait, bien entendu. Les surveillants chouets devant lesquels les prisonniers se gênaient moins, connaissaient tous les surnoms et les indiquaient aux intéressés pour les mettre en boîte.

D'ailleurs ceux que les détenus haïssaient n'étaient pas très intéressants pour leurs collègues; ils les mouchardaient aux gradés à la moindre occasion. La « vache rouge » parlait peu. Celui qui l'accompagnait était neutre, incolore, mi-figue, mi-raisin, comme beaucoup.

— Salut, dit-il, et il ajouta en guise de réponse à Monseigneur : « On s'en doutait. »

Mais rien dans leur attitude ne pouvait faire supposer que leur présence à la 11-6 coïncidait avec les chocs anormaux contre la porte. Roland, Manu, Borelli, Cassid et Willman se présentèrent aux gaffes, les bras à l'horizontale dans cette position obligatoire du détenu que l'on fouille. Après quoi, ils sortirent un à un dans le couloir. Seul, Monseigneur, le plus ancien habitant de la cellule, restait pour

1. De l'argot vaguer : fouiller.

fournir des explications éventuelles sur toute anomalie. Il était responsable de la 11-6; une sorte d'otage ayant toujours tort, comme tous les otages en général. Il se plaça le plus près possible de la porte pour prévenir ses amis en cas de besoin. Son pouvoir était limité; il se résumait à faire gagner trois ou quatre secondes à Borelli, au cas où il prendrait aux fouilleurs l'envie de sortir à l'improviste. Il parlementerait assez fort avec des formules toutes faites.

— Tiens! vous partez déjà, etc., pour qu'on l'entende de l'autre côté de la porte et que l'on puisse agir en conséquence. Système de sécurité si faible que Manu n'éprouva pas le sentiment d'une protection lorsqu'il s'éloigna du petit groupe formé par Cassid, Willman et Roland.

Bouboule était à une cinquantaine de mètres, tassé sur sa chaise, avec cet air de s'emmerder qui, d'une seconde à l'autre risquait de le décider à se mouvoir. Plus Manu progressait le long du mur, lentement, plus le rideau formé par ses amis, devenait nul. Par-dessus eux, il apercevait Bouboule. « S'il regarde de mon côté, il me verra », pensa-t-il.

Les matons postés aux étages se trouvaient du même côté que lui et, comme il marchait sous la passerelle du premier, ils ne pouvaient le voir. Enfin, il s'arrêta devant la cellule de son ami; dix mètres parcourus dans cet état d'âme se multipliaient par cent. Il frappa légèrement la porte du bout du pied et colla sa bouche contre l'œilleton, le ventre plaqué à la porte.

— Roger, appela-t-il.

Et le son pénétra tout entier dans la cellule.

— Oui, qui est-ce? dit quelqu'un.

Roger ne pouvait pas voir Borelli. De l'intérieur, on ne reconnaissait les gens que s'ils se trouvaient à un mètre de l'œilleton.

— C'est Manu.

— Salut, vieux. Qu'est-ce que tu fous là? Tu rentres de Fresnes?

— Oui, depuis deux jours. Je suis à la 6. Tu as encore ta lame?

Il s'écoula deux ou trois secondes. Roger vit le film de

ses projets, et celui de l'acheminement de la lame jusqu'à sa cachette actuelle, un peu comme le noyé qui trouve le moyen, entre deux glougloutements, de revivre une existence entière. Manu se mit à douter. La lutte sévère pour la vie dirigeait les sentiments; il craignait que Roger ne flanche. La lame était sa quiétude; le soir il devait y penser avant de s'endormir. C'était sa raison d'espérer, de durer. Jadis un roi en perdition après une bataille, proposa son trône en échange d'un cheval.

Manu savait que la scie de son ami valait peut-être davantage que le désir du roi pour le cheval. Il était là, contre la porte, demandant à un homme le meilleur de lui-même. Il eut une pensée mauvaise, un sentiment de haine contre cet homme, qui réfléchissait et le priverait peut-être par lâcheté d'un morceau de ferraille. Et d'un seul coup, il entendit le murmure de Roger.

— Je l'ai encore.

Il avait pensé à la refuser, à inventer un prétexte. Pendant ces lourdes secondes une voix lui disait : « Pense à toi d'abord. Pense à toi. A toi. A toi. » Et d'autres images passaient sur cette voix des dangers courus jadis avec Borelli, cette exaltation de l'aventure, ce désir confus de conserver son standing, de faire un geste, de vivre largement. Quand ses lèvres s'entrouvrirent pour libérer les sons, il ne connaissait pas la teneur de ses paroles. Il s'entendait prononcer :

— Je l'ai encore.

Et comprit qu'il avait choisi.

— Balance-la tout de suite, dit Manu, j'attends...

Son cœur battait un peu plus vite, mais à peine. Bouboule était toujours prostré devant sa table bureau. Roland adressa un signe rassurant; cela devait aller dans la cellule avec Monseigneur. Il leva la tête. Les étages étaient tranquilles. Pour minimiser le danger pouvant surgir de la gauche, de la 13ᵉ division perpendiculaire à la sienne, il adopta l'attitude soumise du détenu face au mur, comme s'il habitait dans la cellule de Roger et attendait le surveillant de division Bouboule pour l'y enfermer. Après tout, personne sauf Bouboule, ne pouvait savoir s'il ne revenait pas de l'avocat ou d'une quelconque visite médicale.

48

Il calcula que Roger devait sortir la lame de la cachette; sans doute un livre. Il risqua un coup d'œil dans la cellule.

Roger se trouvait dans un angle car il ne l'aperçut pas. Peut-être se méfiait-il d'un ou deux ou même de tous les habitants de sa cellule, et récupérait-il la scie, le dos à la pièce, face à l'angle. Il sembla à Manu qu'il attendait depuis très très longtemps. A la vérité cinq minutes plus tôt il était encore avec Willman et les autres.

— T'es encore là? demanda quelqu'un.

Il avança légèrement le corps sans répondre pour que l'on puisse le voir. Ce fut le moment que choisit Bouboule pour se lever et acheminer sa graisse vers la 11-6. Manu vit Roland parler à Willman; ils attendraient encore un peu dans l'espoir que Bouboule s'arrête en chemin. Il aurait agi de même à leur place. Il était isolé d'eux par une dizaine de mètres, il dépendait d'eux pour le couvrir, et fut réconforté de voir le petit groupe agir intelligemment. La concordance des esprits, la mise en vigueur du plan établi après l'éloignement des individus, sont les éléments indispensables de l'aventure.

Au moment où Roger avertissait Borelli qu'il allait lui passer la lame, Willman quitta Roland et Cassid, pour se porter à la rencontre de Bouboule. Si Manu était pris sur le chemin du retour sans la scie, il ne risquait pas grand-chose. Avec la scie, il encourait trois mois de cachot et voyait les projets sombrer dans le néant. Il joua cependant la carte de Willman.

— Vas-y, dit-il à Roger. Passe-la sous la porte.

Il aurait pu la prendre par l'orifice de l'œilleton. Il jugea préférable de se baisser pour s'en emparer, obéissant à cet instinct qui pousse l'homme à s'aplatir au sol, ou à s'infiltrer sous la terre, pour se protéger d'un danger. Maintenant il était à nouveau debout contre le mur, mais le morceau de fer qu'il serrait dans sa main gauche tendait ses muscles, aiguisait ses sens. Au loin, Willman parlait avec Bouboule, Manu tapa légèrement à la porte de Roger du bout du pied; son départ et ses remerciements se réunissaient dans ce signe. Derrière cette porte les autres le comprendraient. Ils connaissaient les risques encourus dans le grand couloir, une lame de scie à la main. Et Manu progressa vers ses amis, les yeux rivés sur le dos de Willman dont le corps obstruait la vision de Bouboule.

A la mi-chemin, il entendit le pas d'un gaffe derrière lui. Il avait juste tourné l'angle de la 13e et de la 11e division, juste au démarrage de Manu; il vit ce détenu de dos, qui rejoignait un groupe en attente devant une cellule fouillée. Il eut, une seconde, envie de l'interpeller, lui demander pourquoi il n'était pas resté avec les autres. Manu marchait, s'efforçant de donner une grande apparence de calme, comme s'il faisait les cent pas. Il y avait encore deux mètres; il les achèverait même si le gaffe l'appelait, afin de confier la lame à Cassid. Il toucha au groupe, fit une pression du bras sur la hanche de Geo, et dans une recherche un peu tâtonnante des mains, il lui donna la scie. Dans le même mouvement, il se retourna, face au gaffe qui arrivait à leur hauteur.

Ce dernier, ayant vu Bouboule venir vers le groupe en compagnie de Willman, se désintéressa de la question. Roland souriait; le premier outil était presque à destination. Il ne resterait plus qu'à se le passer de main en main au moment de la dernière fouille. Dans un petit quart d'heure ils réintégreraient leur cellule.

Monseigneur devait s'inquiéter, se poser des questions vaines tout en regardant les matons retourner les affaires. Willman voyait Manu; il ne pouvait leur parler à cause de Bouboule. Il craignit de ne pas avoir retenu le gaffe assez longtemps, se demandant si Manu avait ramené la scie. Roland et Cassid étaient plus calmes; eux, ils savaient.

— On va baratiner Bouboule pour qu'il reste avec nous, dit Manu, bas à Roland. Sa présence nous évitera le dernier contrôle.

Bouboule ne demandait que ça. Manu l'orienta sur l'histoire du pendu. Bouboule plongea aussitôt.

— J'ai bien senti quand la porte résista, qu'il y avait un truc bizarre. Du pas normal quoi, commença-t-il. Et alors...

Manu avait ce regard vide des heures où l'esprit quitte le corps ne laissant plus qu'une coque creuse. Il éprouvait une lassitude; écroué depuis deux ans, il sentait que l'avenir trop incertain l'attaquait dans ses forces vives. Le court danger vécu tout à l'heure lui indiquait la mesure. Plus les années s'enfuient, plus il doit être dur de s'empoigner avec les risques se dit-il. Et cela lui donna une raison supplémentaire de réussir coûte que coûte. Les phrases de Bouboule lui parvenaient par bribes.

— Je l'avais à l'œil, ce type. Je les connais, mes oiseaux... Ah! la vache... Me faire ça à moi... Une fin de trimestre...

Les mêmes sentiments du fonctionnaire inquiété, assiégé dans sa tranquillité. La mort de Caron subsistait dans leur souvenir à cause du guichet; on pouvait se pendre à la tablette du guichet. Voilà bien le drame. Suivant son habitude Cassid se tenait un peu à l'écart. Manu s'approcha de lui et dit sans bouger les lèvres :

— On va rester ensemble; si on voit qu'ils fouillent en rentrant, je passerais le premier et je m'arrangerais pour reprendre la lame avant qu'ils s'occupent de toi.

On entendit le tintement d'une petite barre de fer contre les barreaux. La fouille se terminait; ils sondaient. Un barreau scié totalement ou aux trois quarts ne chantait pas sous le choc. Il rendait un son mat, comme une fausse note sur un clavier. Monseigneur sortit le premier, marquant un léger étonnement de trouver Bouboule avec ses amis. Manu le rassura par un signe imperceptible de la tête. Il se tenait à côté de Geo, en attente du dernier écueil. Les matons s'envoyèrent deux ou trois réflexions sur leur travail.

— Vous tiendrez le coup? demanda Bouboule.

— On en a fait toujours autant que toi, répondit le plus petit.

La « vache rouge » grogna : il avait la conversation rustique. Les habitants de la 11-6 en profitèrent pour rentrer dans leur cellule d'autorité, avec l'attitude naturelle qu'adoptent les gens fautifs dans une prison. On ferma la porte sur eux. Personne ne parla, mais tous étaient contents. Ils demeuraient debout au centre de la pièce, le dos à la porte, afin de pouvoir sans retard regarder la scie, la toucher.

— Dès la fermeture, je ferai la clef, dit Roland.

La lame circula entre eux; sa rigidité, le dentelé de ses courtes dents, solidifiaient l'espérance. Cette action conjuguée était une réussite. Ce qu'il était si difficile de réunir dans une cellule, la 11-6 le réunissait. Une fois libres, ils se sépareraient certainement. Personne ne resterait avec ce Willman. Manu songeait à demeurer en compagnie de Roland, et il supposait que Monseigneur et Cassid mettraient leur chance en commun. A moins qu'ils ne tentent le bloc à quatre.

— Vous croyez que demain soir le trou sera fait? s'inquiéta Willman.

Sa question tomba à plat. Roland cachait la scie derrière une plinthe.

— Provisoirement, dit-il, car ce genre de planque ne vaut rien.

Monseigneur se frottait les mains dans un geste vif de contentement puéril. Et, d'un seul coup, éclata une sorte de joie collective un débridement où chacun éprouva le besoin d'extérioriser sa participation au sujet de la scie. Les répliques se coupaient dans les rires devenus un instant enfantins. Monseigneur oubliait ses inquiétudes. Willman ne se souvenant plus de son émotion lorsqu'il marchait à la rencontre de Bouboule, plaçait sa verve, son assurance, et ne se vexa nullement de s'entendre comparer, par Cassid, à une belle de jour. Manu s'étendit sur le geste de Roger, et tous eurent un élan du cœur.

— A un moment, j'ai cru qu'il ne voulait pas, dit Manu.

Il se souvint d'avoir maudit Roger l'espace d'une seconde et en ressentit une honte secrète.

L'après-midi s'écoula sans la visite du confectionnaire. A la fermeture Bouboule leur expliqua qu'il ne viendrait que le lendemain, mais qu'il avait déposé une note pour l'aviser que la 11-6 le réclamait.

— Allez, salut, les as, dit-il.

C'était son mot, avec aussi une drôle de position, le buste dans la cellule, penché en avant, les pieds dehors, le bras tiré en arrière, la main appuyée sur sa clef engagée dans la serrure.

— Bonsoir, dirent-ils. A demain.

Il était de service l'après-midi, ce qui arrangeait bien ses affaires; celles des prisonniers de la 11-6 également, mais cela il ne pouvait le deviner. Les pensées circulant derrière les fronts qu'il regardait, lui étaient étrangères. Bouboule tira sur son bras, et son corps, de penché en avant qu'il était, se trouva dehors sans qu'il eut déplacé ses pieds. Et ce soir, la porte fermée n'alourdissait pas les âmes; derrière son battant, elle délivrait ces hommes, puisqu'en principe elle ne devait plus s'ouvrir. Jusqu'au matin, elle leur offrait son aide, sa protection pour travailler, pour cesser d'imaginer dans le vide, pour déclencher l'acte réalisateur.

— Allons-y, dit Roland.

Il utilisa le manche d'une cuillère pour décoller le fer du montant de la fenêtre. Ensuite, il le tordit de droite et de gauche dans ses fortes mains. La fenêtre lui abandonna bientôt un morceau plat aux branches parallèles, d'une longueur respectable. Monseigneur essaya d'ouvrir et de fermer; malgré son amputation le système coulissant obéit. Dans un mois la fenêtre s'inclinerait du côté affaibli, lamentablement, pendante, comme la lèpre des murs. Mais dans un mois la prison pourrait bien s'écrouler, ils seraient libres. Ils l'apprendraient dans les journaux et s'en foutraient pas mal.

Cassid était accroupi dans son coin, dans le double but de tirer sa flemme et de ne pas gêner les travailleurs. En Angleterre, il avait lu parfois dans les bureaux, sur des petites pancartes : « Si vous n'avez rien à faire, ne dérangez pas ceux qui travaillent. » Geo trouva ce conseil très judicieux, ne cessant depuis de l'appliquer à la plus légère occasion. Willman guettait devant la porte les bruits du couloir. Manu jugeait de l'adresse de Roland.

Les réputations surfaites sillonnaient le monde; dans un cas comme le leur, l'incompétence de Roland appellerait le désastre. Son palmarès n'était pas une preuve irréfutable : il avait pu bénéficier de circonstances exceptionnelles, s'associer avec des garçons expérimentés. Ce soir, il était livré à lui-même; sa lame nue devait métamorphoser en clef un bout de ferraille. Il s'approcha du lit scellé au mur, qui se repliait par un système de charnières. Une fois relevé, les deux pieds placés aux extrémités retombaient le long de l'armature. Le lit ne servait pas; jadis des lames de ressort formaient un quadrillage entre les montants. Aujourd'hui, seul le cadre subsistait. Un jour, un débrouillard réunit de la ficelle, et s'acharna à tisser une sorte de hamac. Après quoi, il y rêva de l'île de la « Tortue », d'abordages, de pierreries, de vins généreux, et de belles captives livrées sur des étoffes rares. Il ne rêva pas long-temps; à chaque fouille, les gaffes récupéraient la ficelle, à petits gestes têtus.

Contraints à regarder sans défense disparaître sa richesse, le prisonnier pensa à reconstruire rageusement. Mais, à peine le hamac reberçait-il le corps malheureux, jusqu'à l'évasion de son âme, que les surveillants atrocement ter-restres, enrégimentés, posaient leurs mains obstinées sur ce miracle en ficelle. Ce faisant, ils volaient du rêve. Voleurs de rêve.

A la longue, ils vainquirent le détenu. Mais la lutte marqua le destin du lit scellé au mur de la 11-6. A cette heure, il élargissait encore l'horizon des prisonniers; son pied servait d'étau, maintenant l'ex-glissière de la fenêtre qui gémissait sous la morsure de la scie.

Petit à petit, par lambeaux, il quitterait cette cellule, ne laissant que deux charnières fichées dans le mur comme trace de son existence. Des bras sans main. Des moignons, que d'autres hommes désigneraient en disant :

— Tiens, il y avait un lit, dans le temps...

Mais ils ne se douteront pas qu'il avait participé de son mieux à secouer le joug, et personne n'aurait une pensée pour lui dans ce sens. Car il en allait ainsi des choses et des gens.

Manu regardait Roland manier son outillage de fortune, et l'habileté de cet homme illuminait la cellule. Ne pouvant souder des morceaux rapportés, il était obligé de découper dans la largeur du fer le dessin du passe-partout, fait de lignes et d'angles droits (voir croquis). Pour obtenir ce résultat, Roland serra et desserra son étau, ou plus exac-tement mania le pied du lit pour en ouvrir et en refermer la charnière, un grand nombre de fois, tellement il eut à modifier la position de sa pièce.

Le passe apparut d'un seul tenant, en dehors d'une poignée, autre morceau de fer, que Roland fixa perpendi-culairement à l'extrémité de sa clef à l'aide d'une ficelle mouillée. De telle manière qu'en séchant elle affermisse son étreinte.

Roland apprécia son travail en clignant tantôt l'œil droit, tantôt l'œil gauche.

— Nous sommes le 8, dit-il; à la fin du mois, peut-être avant, nous serons libres.

Willman, toujours, inquiet, émit un doute, par faiblesse, à seule fin d'entendre à nouveau des paroles optimistes.

— Tu me fais penser aux amoureux qui ne cessent de se demander mutuellement s'ils s'aiment, dit Cassid.

Le soir tombait. Une sorte de nervosité, d'action contenue maintenait debout ces philosophes de la misère. Le gel se faisait plus dense, plus uni, s'appliquant à ne pas laisser la moindre chance de se réchauffer ou simplement d'avoir moins froid. Sauf Cassid, tassé dans son coin, ils allaient et venaient enveloppés dans des couvertures, tournant presque sur deux mètres pour ne pas se gêner et rendre possible cette promenade. Il leur manquait à chacun un long bâton pour s'identifier à de mystérieux pèlerins, en instance de départ vers des destinations inconnues, si lointaines, que jamais plus on n'entendrait parler d'eux.

Geo troubla encore le silence par une réflexion sur l'inquiétude que connaissent ceux qui craignent de perdre un être ou même une chose.

Il suivait le fil de son idée dont il était rempli jusqu'au bord. Willman aurait bien voulu oublier Christiane, et la silhouette d'une fille aux yeux clairs animait le passé de Borelli. Lorsque Cassid parlait de femmes, on ne pouvait s'empêcher d'y penser, tellement la suggestion de cet hyperérotique était puissante.

Willman lui en voulait, dès que les souvenirs lui faisaient mal. En même temps, il était content d'y penser; un mélange qui donnait parfois envie de se pendre, et d'autres fois de chanter à tue-tête.

Manu souffrait également à cause des souvenirs. Il s'imaginait qu'elle l'aimait toujours. Le corps de Solange lui échappait; à ce propos, il ne demandait pas l'impossible. Au début, rien qu'à la pensée des chuchotements dans le désir, des caresses qu'elle prodiguait à un autre, il sentait ses tempes se creuser, et une angoisse lui brouiller la poitrine. Aujourd'hui, il ne pensait qu'au cœur de Solange. Cela lui appartenait. Il vivait dans ce cœur. Ils n'auraient qu'à se retrouver face à face pour que tout recommence comme avant, d'un seul coup, sans une parole, avec cette habitude des amants qui ne se séparent jamais.

Dans toutes les cellules on parlait de femmes, mais à la 11-6, l'évocation résonnait davantage à cause du fol espoir d'une prochaine liberté. Bientôt la vie serait là, avec les vitrines brillantes de lumière, les trottoirs mouillés d'une pluie que l'on ne sentait pas, le soir, dans la grande ville; avec l'enivrante sensation de se fondre dans la foule, de s'intégrer, d'en profiter, tout en demeurant seul. La prudence lui soufflait d'oublier Solange; l'aventure lui apporterait d'autres femmes. On peut aimer plusieurs fois pour des raisons différentes, bien qu'aussi fortes. Et puis l'amour s'imposait-il? L'épuisement du désir ne serait-il pas suffisant? Il n'avait nul besoin de se lier. Mais il n'acceptait pas de s'enfuir à l'étranger sans revoir Solange. Il avait aussi comme un besoin de contrôler son pouvoir, l'ampleur de son empreinte. Une fatuité d'effacer l'impression de défaite, de visage d'homme vaincu, qu'elle conservait peut-être de lui. Il avait échafaudé mille moyens de contacter Solange, sans courir de risque. Après l'évasion, il s'adapterait aux circonstances. Il ne doutait pas de réussir; il n'y aurait pas de véritable départ sans cette rencontre. Il ne voulait pas avoir à se dire un jour : « J'aurais dû y aller, et elle m'aurait suivi... »

Les idées de Geo n'atteignaient pas Roland. Ce sujet le dépassait un peu. Homme d'une seule femme, il avait deux enfants; le corps de sa femme était le seul qu'il eût jamais touché. Il pensait à elle, calmement, sans l'ombre d'une inquiétude. Elle apprenait ses évasions par la police, en l'occurrence la gendarmerie du coin. Elle se mettait alors à attendre sa venue ou un signe de vie; leur deuxième enfant était né de ces hâtives rencontres.

Elle ne pouvait le considérer comme un criminel; son délit datait de l'occupation et on parlait beaucoup d'une amnistie. Il ne purgeait qu'une peine de correctionnelle de neuf ans pour vols de cartes d'alimentation. La chambre spéciale qui l'avait condamné s'éteindrait avant la disparition des tickets. Dans sa simplicité, le couple croyait que le tribunal pliant bagage, on ne laisserait subsister aucun prolongement de son activité. Dans cette attente, Roland jouait à cache-cache avec la pénitentiaire. Ses échecs le mûrissaient. De plus en plus surveillé, il lui devenait de plus en plus difficile de s'évader. Il se disait donc que cette évasion serait la dernière. Cette fois, il s'entourerait des indispensables précautions propres à lui conserver la liberté.

La première ronde de nuit souleva l'œilleton. Le regard des hommes se porta sur l'œil qui les épiait de l'extérieur. Il paraissait bizarre au surveillant de voir tout ce monde debout, couvertures sur les épaules, aussi ne continua-t-il pas son chemin.

— Il s'inquiète, murmura Monseigneur, couchons-nous.

Ils s'ingénièrent à adopter des attitudes naturelles. Monseigneur s'étira. Manu s'approcha du water. Willman s'assit. Roland étala sa paillasse et Geo, d'accroupi qu'il était, s'enfonça sous ses couvertures en deux reptations, calculées à son barème d'efforts minimum.

L'œil du gaffe pesa encore trois ou quatre secondes sur la dispersion des hommes, et le petit volet de fer retomba. Ils entendirent le chronomètre géant frôler la porte.

— Il est parti, souffla Willman.

Chacun pensa qu'il pouvait revenir si leur comportement lui semblait anormal. Ils eurent peur, sans le dire, d'être inutilement repérés. Roland cacha la clef et la scie derrière une plinthe. Demain soir la voie d'accès dans les sous-sols serait faite; ils laisseraient le matériel en bas. Demain, ils se lanceraient dans l'action la plus importante, le coup de dés.

La lumière jaune suintait péniblement du verre crasseux de l'ampoule; elle était triste, mais elle n'éclairait que de tristes objets, et quand une des poitrines exhalait un soupir, une buée s'arrondissait devant les lèvres. Il n'y avait pas de contraste, pas de fausse note dans cette misère. Une nouvelle nuit descendait sur eux, elle les trouvait allongés côte à côte, en chien de fusil, dans l'illusoire tentative de vaincre le froid.

— Bonsoir à tous, dit Monseigneur.

Ils lui répondirent plus ou moins. Il avait l'habitude de saluer les gens à la ronde, avec bonhomie, comme un curé de campagne. Chacun avait une foule de choses à dire, des questions à poser, et personne ne dit rien. Ce fut Geo qui parla le dernier, pour lancer sa formule concentrée, à l'interprétation si vaste qu'il s'avérait inutile de lui en réclamer le développement.

— Demain, il fera jour, dit-il.

Il ne disait jamais bonjour le matin, ni bonsoir avant de s'endormir. Il fuyait le protocole, les gestes superflus. Il se croyait affranchi des habitudes, mais jusqu'au bout, tant que Borelli le connaîtrait, il l'entendrait à la nuit lancer sa courte phrase; désir simple de constater tout haut que demain, il ferait jour, ou bien, hypothèque puérile de l'avenir, comme la prière que « demain soit ».

Ils s'éveillèrent tous avant l'ouverture. Des pensées communes les unissaient en ce matin du jeudi 9 janvier. Si l'action leur en laissait le temps et qu'ils parlent de leurs rêves, ils sauraient que, là aussi, ils s'étaient rejoints. Monseigneur rentra le café, la cuvette.

— Je le connais, dit Borelli en parlant du surveillant de service, c'est un gueulard, mais pas méchant.

Ils s'assirent, n'osant pas sortir leurs mains de sous les couvertures. Leurs reins n'étant plus en contact avec la paillasse, ils arrondirent le dos sous la pression du froid, comme si leur tête, alourdie par les dernières brumes du sommeil, les tirait en avant. Manu décida, en lui-même, de compter jusqu'à trois et de se lever brusquement. Il savait qu'à « trois » il serait esclave de sa limite, aussi, pour en retarder l'exécution, s'abstenait-il de prononcer le « un ». Roland frictionnait ses jambes dans un mouvement du tronc d'avant en arrière. Il y avait un avantage à se lever le premier à cause de l'eau mouillant l'abord du water.

— « Un »... se dit Manu.

Il eut envie de s'enfoncer à nouveau sous les couvertures.

— « Deux », s'entendit-il murmurer.

L'esprit avait décidé du un, deux, trois.

— Et..., dit-il.

Voilà bien le piège que l'intelligence tendait à la volonté. La conjonction tirait derrière elle l'ultime signal, comme le pêcheur arrache le poisson de la rivière.

Ses lèvres s'entrouvrirent pour rendre le son intelligible.

— « Trois », dit-il.

Il arracha d'un geste les couvertures, dénudant la paillasse, se dressant sur ses pieds, encore mal équilibré, mais content de lui. Sa décision offrait un répit à ses camarades. Borelli représentait une vivante excuse à leur mollesse. Ils dirent néanmoins les uns après les autres :

— Je me lève après.

— Moi derrière toi.

— Ensuite moi...

Maintenant ils étaient prisonniers de leur décision; ils s'étaient livrés volontairement par crainte de faiblir. Seul Cassid ne disait rien. Il trouvait cela inutile. Il savait qu'il lui faudrait se lever quand ils seraient tous prêts et voudraient nettoyer la cellule. Il accepterait alors de débuter sa journée comme une décision des autres. Manu coinça le bouton du robinet avec la vieille allumette préposée à cet emploi, et l'eau tomba, droite comme une épée, perçant avec le même bruit monotone et têtu l'eau qui croupissait dans l'immondice.

Manu hésita quelques secondes à mettre sa peau sous la morsure de cette colonne glacée, puis, sans réfléchir, il s'en aspergea le visage de ses mains réunies en coupe. Il se sentit heureux et se mit à chanter. Dans son coin, Cassid réfléchissait à ce pouvoir de l'eau sur l'humeur de l'homme.

Borelli chantait horriblement faux une sorte de rengaine du Canada, dont il ne connaissait qu'un couplet. Ce bilan parut à Geo très complexe, aussi modifia-t-il le cours de ses réflexions, qui s'orientèrent par habitude sur les femmes. Dans un reste d'engourdissement de la nuit, sous la complicité des couvertures, il se caressa en mémoire d'une fille qu'il avait toujours désirée, sans jamais l'avoir possédée. Il n'était jamais déçu par le plaisir, aussi bref fût-il. Son corps ne se tendait pas pour retomber ensuite d'un coup sec dans le néant. Il connaissait un remous, un tangage de toute la chair, sans contraction des muscles, ni tension nerveuse, dans une immobilité cataleptique. Et il sombra dans un demi-sommeil, jusqu'à la limite du possible fixée par le nettoyage de la cellule. La journée était vraiment commencée.

Ils répondirent aux appels des cellules mitoyennes pour les trafics. Le côté pair de la division n'allant pas à la promenade aujourd'hui, les trafics redoublaient. Promenade ou non, il fallait que les livres s'échangent, les cigarettes se prêtent ou se vendent contre du linge, des vivres, etc. Le vendeur envoyait d'abord son linge pour estimation, et un marchandage digne du carreau du Temple s'engageait. Bref, ceux de la 11-6, placés en plein circuit, n'arrêtaient pas de yoyoter.

Vu les nouvelles circonstances, cela les inquiéta. Il y avait simplement deux jours, ils trafiquaient par devoir, par distraction aussi et pour leurs besoins personnels. Le trafic s'élevait à la routine. Très rarement, une cellule habitée par des salauds, des pleutres craignant une punition, refusait de trafiquer. Il fallait donc détourner l'itinéraire par la cellule du dessous ou de l'étage supérieur, suivant que le paquet circulait au 3ᵉ, au 2ᵉ, au 1ᵉʳ ou au rez-de-chaussée. Car il était trop difficile de sauter une cellule à cause des longueurs de ficelle. Les deux fils « sonnerie » couraient parallèlement le long des murs; si un paquet pesait sur un des fils jusqu'à le mettre en contact avec l'autre, la sonnerie se déclenchait, ameutant les « archers du roi ». Plus la ficelle du yoyo était longue, plus le mouvement de pendule imprimé au colis s'accentuait, l'envoyant contre les fils plaqués aux murs, entre chaque étage. Quant au rez-de-chaussée, si le danger des signaux d'alarme n'existait pas, en revanche les colis se perdaient sur une trop longue distance. Ils s'accrochaient aux margelles des petits postes d'eau précisément construits contre les murs des cours de promenade, pour en assurer le nettoyage. La 11-6 donnait sur une de ces cours. En refusant de trafiquer, elle contraignait tout le secteur à prendre des risques supplémentaires.

Ce matin-là, ils se regardèrent sans parler. Ils n'osaient formuler leur pensée. Ils savaient ce qui attendait la cellule qui refusait l'entraide élémentaire de détenus à détenus. Ils ne subiraient aucun sévice, étant assez forts pour se défendre, mais on dirait partout derrière leur dos :

— La 11-6, elle est pleine d'.......

Cette insulte, prise au sens moral, englobe le délateur,

le lâche, le voleur de paquetage, le tricheur, ceux qui sortent et dépouillent les familles des amis à la confiance, ceux qui sortent et prennent la femme de l'ancien compagnon de cellule; le type de bonne foi qui s'imagine envoyer de l'aide chez lui, un témoignage plus vivant qu'une lettre. Comme disait Geo, « tu crois envoyer une âme à ta femme, et tu n'envoies qu'une braguette ».

— Si nous commençons à en parler entre nous, nous sommes foutus, pensa Borelli.

Il était vital de cesser les trafics. On ne pouvait s'échapper de ce raisonnement. La liberté primait. Bientôt en travaillant la nuit, il faudrait récupérer le jour. Ensuite, la cellule devait demeurer à l'écart du moindre reproche. Pour tromper les gens, il est nécessaire de leur inspirer confiance. Plus un prisonnier s'efface, vit comme une ombre, mieux il bernera les gardiens. Monseigneur, Roland et lui, n'étaient que trop connus. Le moment d'étouffer l'orgueil mal placé était venu.

« Ne parlons jamais des conséquences », se répéta Borelli. Il chercha une solution d'attente conciliant le refus de trafiquer et leur amour-propre. Il savait que, séparément, Cassid, Monseigneur, Roland et lui accepteraient de se savoir insultés, de sentir le vide se creuser, avec les conversations qui s'arrêtent, les têtes qui se tournent. Il savait aussi qu'en parlant de cette menace entre eux, ils ne l'accepteraient plus. Ils s'emprisonneraient dans l'opinion que chacun d'eux aurait des autres.

— On va les appeler pour leur expliquer, dit Manu.

Mais personne ne fit un pas vers la fenêtre. D'ailleurs, leur expliquer quoi? Un refus c'était un refus. L'art de refuser tout en acceptant, voilà où ils en étaient; les grimaces, l'alambic des excuses.

« Nous avons réuni le courage de nous évader, mais cette action nous pousse à commettre des lâchetés, pensa Borelli, et pour les commettre, nous manquons de courage. » Il ferma un instant les yeux pour plonger son esprit dans l'apaisement de l'obscurité. Aller au bout de tout, se dépouiller, appuyer sur la chanterelle jusqu'à l'aigu, penser tout haut :

— Nous sommes des lâches, dit-il.

— Des lâches?... interrogea doucement Monseigneur, avec une inflexion inattendue de la voix qui installa un début de trouble entre ces hommes déjà écrasés par la longueur du chemin.

— Quand je parle de lâcheté, je parle de l'opinion des autres... Ce sont eux, toujours, qui fixent la table des valeurs. Dès que l'intérêt général est contrarié, on brandit les épouvantails. Qu'ils pensent ce qu'ils voudront sur le moment... Plus tard, ils nous tireront le chapeau.

La perspective d'être méconnus pour être idolâtrés par la suite remporta tous les suffrages. Il n'y avait pas à chercher plus loin, ni à approfondir jusqu'au vertige.

— Nous allons faire beaucoup de bruit en creusant le premier passage, expliqua Roland. J'ai souvent utilisé un truc pour éviter que mes voisins ne se posent des questions, et cela m'a réussi. Il faut les avertir de ne pas nous déranger car nous attendons les maçons pour retaper certains endroits de la cellule. Ainsi nous aurons la paix, et d'autre part, ils croiront que le bruit vient du travail des maçons.

Monseigneur se chargea du message, et bientôt le long du côté pair de la division, la consigne de ne pas appeler la 11-6 circula. La phrase voyageait de cellule en cellule, faisant penser à autant de coups de hache assenés sur une amarre.

Il vint. Les deux détenus désignés par l'administration pour l'aider, poussaient un chariot lourdement chargé de cartonnage. Les gens qui ont faim représentent la main-d'œuvre la moins onéreuse du monde. Surtout coincés, au point de ne pouvoir choisir un autre travail. Il ouvrit la porte de ses nouveaux clients, sans réfléchir à son avantage. Depuis vingt années que sa maison exploitait la misère, il ne se posait plus de questions. Manu et ses amis déchargèrent servilement la marchandise.

Monseigneur négocia le plus de sacs vides possible avec cet air enveloppant d'un curé équivoque confessant des fillettes. Ils étalèrent deux des sacs dans un angle de la cellule, et empilèrent les cartons dessus, en ayant soin de laisser dépasser les sacs d'un côté; ils s'accrocheraient à cette prise pour changer la masse des cartons de place.

Monseigneur pénétra le dernier dans la cellule, et la porte se ferma sur ses talons.

— Quel sale coco, dit-il, en laissant tomber le paquet de sacs liés par une ficelle ridiculement fine. Cette race de type dit « non » par principe. Ils n'ont que ce mot à la bouche; N O N. On dirait qu'ils veulent t'obliger à mendier.

Roland cassa la ficelle pour compter les sacs.

— Parfait, dit-il. Nous en garderons deux pour les mannequins. Il ne faudra jamais les sortir avec les autres sacs remplis de déchets. Le temps qu'ils les vident, il se pourrait qu'un soir on ne puisse reconstituer les mannequins.

Willman promenait le bout caoutchouté de sa canne de haut en bas et de bas en haut, contre la pile de cartons. Monseigneur proposa de s'asseoir en cercle, afin de régler une fois pour toutes les questions matérielles. Les colis seraient liquidés en commun; Willman touchait le sien en fin de semaine, Roland Cassid et Borelli au début de la semaine. Monseigneur n'était pas assisté; pour ne pas perdre l'avantage du bon, autorisant un colis, Roland ferait envoyer un deuxième colis de chez lui au nom de Monseigneur.

Ils décidèrent de manger obligatoirement la soupe aussi infecte soit-elle, pour économiser les colis; il fallait se remplir le ventre en fermant les yeux, et en se bouchant les narines, à cause du travail de terrassement. Ils chambrèrent un peu Geo, dit le « Caïman », sur sa capacité digestive. Ceux qui se nourrissent lentement conservent l'impression d'absorber davantage, et la communiquent aux gens qui les regardent.

L'heure de la relève amena la face réjouie de Bouboule. Le lendemain, son service tombait le matin. Il prenait la nuit le même soir. Succédaient à cette nuit, deux jours et une matinée de repos. Il recommençait un après-midi, etc. Les détenus connaissaient son service aussi bien que lui. Les détenus savent tout, jusqu'à la vie privée de certains membres du personnel.

Cobra, le gaffe le plus inhumain de la bande, cirait les chaussures à la gare de Lyon, en dehors de son travail. En principe, ces fonctionnaires n'ont pas le droit de toucher un deuxième salaire. Accomplissant les huit heures d'un seul jet, ils emploient ailleurs l'autre partie de la journée. Ils peuvent se le permettre, un gardien de prison n'étant jamais mort de fatigue dans l'exercice de ses fonctions. La majorité violait donc la loi. Cobra avait sans doute l'impression de jouer un rôle sur la terre. Les règlements classés article par article, paragraphe par paragraphe, il éprouvait une jouissance à les voir vivre à travers les hommes qu'ils courbaient.

Grâce à lui, un passage du règlement obligeait un homme à faire tel geste, adopter telle attitude. En cirant les chaussures, il trompait son administration. En quelque sorte, cela gênait son esprit enrégimenté; il cherchait peut-être inconsciemment une compensation, en courbant les détenus dans la mesure de ses moyens, car il avait déjà reçu de mémorables volées.

— Salut les as, dit Bouboule.

Il jeta un coup d'œil à la masse de cartons qui bouchait l'horizon, en entrant à gauche de la cellule.

— Alors en plein boum, dit-il, quel courage vraiment! Ça va durer longtemps?

Monseigneur prit un air modeste.

— On essaiera, répondit-il.

— Vous savez, on s'ennuie à force, enchaîna Manu.

Il avait éprouvé le besoin de jeter cette petite touche. Il ne fallait pas charger, mais il fallait cependant aiguiller l'opinion de ces gens. Bouboule était assez rusé. Il connaissait les types, n'ignorant pas que ceux de la 11-6 n'avaient pas besoin de travailler, mais que seule la faim incitait les locataires de la prison au travail. Sauf les cas d'isolement.

Bouboule ramassa le courrier qu'il joignit aux lettres déjà groupées dans les autres cellules. Il coinça le paquet sous son bras pour pouvoir remettre sa main dans la poche de sa capote.

— Bye, bye, les as, dit-il.

Il pirouetta curieusement sur ses courtes jambes et ferma la porte. Roland quitta son manteau d'un geste brusque.

— Cette fois, on attaque, dit-il.

Geo Cassid leva la tête et, de sa main, pesant contre le mur, se dressa sur les jambes. Ils s'arcboutèrent, tirant sur les sacs et poussant la masse de cartons; elle glissa, dégageant l'angle choisi pour percer le trou.

— Geo, Willman et toi, dit Roland en posant la main sur le bras de Manu, commencez à faire du décortiquage.

Ils descendirent une épaisseur de cartons du sommet de la pile et se mirent au travail. En pressant des pouces et des paumes, ils dégageaient de la feuille initiale les parties coloriées ensuite transformées en boîtes pour spécialités pharmaceutiques. Le travail à accomplir se présentait sous la forme de feuilles de carton de 1 mm d'épaisseur, de 50 cm de largeur et de 1 mètre de longueur. De gros pointillés, très accusés, indiquaient les parties à détacher. Il en résultait un déchet qui en général n'était qu'en bordure des feuilles. Ce qui donnait une sorte de rectangle vide qu'ils rejetaient tantôt à leur droite, tantôt à leur gauche. Ces bandes de carton s'enchevêtraient les unes dans les autres, offrant le spectacle d'un grand désordre. De ce décorticage brut s'élevait une fine poussière de carton, si légère qu'elle hésitait un peu à rejoindre le sol. Ils travaillaient au toucher, les yeux rivés sur Roland qui faisait sauter les lames du parquet avec le manche d'une cuillère.

C'était un parquet ordinaire du genre à « bâtons rompus ». Après la quatrième lame, il s'arrêta pour gratter la surface ainsi découverte. Il s'agissait d'un ciment très dur, une sorte de béton.

— On ne l'aura pas facilement, dit-il. Il faut le casser à la masse.

La prison leur sembla atrocement silencieuse. Où était ce bruit, ce brouhaha du couloir dont ils parlaient la veille? Roland récupéra le pied du lit — barre de fer, plate, épaisse, de la longueur d'un avant-bras, pesante, heureusement terminée par un petit socle sur lequel reposait jadis le poids du lit une fois baissé. Il leva cette masse qui retomba sur le ciment avec un bruit de catastrophe, le marquant à peine.

— Quel boucan, dit Manu. C'est à peine croyable...

Ils avaient cessé de travailler. Un grand désordre régnait dans la cellule; on ne marchait plus que sur du carton, on s'enchevêtrait dans son déchet, longues bandes qui s'enroulaient autour des chevilles. Ce chaos les protégeait; il rebutait un peu, dès l'entrée. Car maintenant, l'angle gauche de la cellule saignait. Les lames du plancher faisaient un dangereux petit amas. Ils vivaient nettement en marge, à la merci de l'ouverture de la porte.

— Prends le rétro, dit Monseigneur à Willman.

Willman obéit, le cerveau vide. Ephémère précaution. Il pourrait juste signaler l'approche d'un danger; il leur était encore possible de replacer rapidement les lames du plancher. Lorsque le ciment aurait cédé, ils ne le pourraient plus. La partie se jouait cet après-midi.

— Nous ne pouvons plus ergoter, dit Roland. Dans une heure nous serons au cachot ou le ciment aura disparu.

Il exposa que des petits coups échelonnés sur des heures, non seulement attireraient davantage l'attention qu'un travail brutal très court, mais encore ne suffiraient pas à briser la matière.

— Il faut nous mettre dans la peau d'ouvriers sur un chantier, dit-il. Le béton est le même pour tous. Notre seule chance repose sur l'énormité. Aucun surveillant, en entendant un bruit franc, énorme, ne supposera qu'il s'agit d'une fraude. La fraude en prison est *synonyme* de pénombre, de chuchotements.

— D'accord?...

Cassid fit un signe de la main, qui voulait dire « tout est bon, pour moi ». Manu se mit à l'aise pour relever Roland à la masse, et Monseigneur prit sa place aux cartonnages.

— Ils donnent les colis, dit Willman. Rien de particulier.

Roland emprisonna le pied du lit dans sa forte main. Il ne pouvait pas frapper des deux bras. Il étendit son bras gauche dans la recherche d'un équilibre et la ferraille entama le béton. Les chocs ébranlaient le sol.

— Ils doivent entendre à dix cellules à la ronde, s'inquiéta Willman.

Personne ne lui répondit et Roland, le bras gourd, passa la suite à Manu. Le béton vendait chèrement sa peau; il s'affaissa au centre et le manche de la cuillère fit sauter les morceaux que la masse, tout en les brisant, avait maintenus sur le lieu même de leur mort. Manu engagea ses doigts dans le trou ainsi formé.

— C'est de la pierraille en dessous, dit-il.

Et il recommença à frapper. Mais cette fois en biais, sur les bords du trou, qui s'entamaient assez vite. Il tendit le fer à Roland et se recula pour lui laisser la place. Monseigneur s'agenouilla pour rassembler les débris et les jeta au fond d'un sac que tendait Borelli. Cassid, les bras le long du corps, le dos contre la pile des cartons, regardait sans bouger.

— On vient..., s'affola Willman.

Il retira le miroir monté sur le manche de la brosse à dents et se rapprocha des autres. Roland tapait toujours. Il dit entre deux coups de masse :

— Seul le bruit peut nous sauver.

« Il a raison, pensa Borelli. Il n'est plus possible de se protéger; ou ils rentrent et que nous tapions ou non, le trou parlera pour nous, ou ils passent, et ils croiront à des travaux administratifs.

— Je vous en prie, arrêtez! insista Willman.

La crainte altérait son visage. Il s'appuyait sur sa canne et ses yeux allaient de l'un à l'autre quêtant de l'aide. Manu fit les trois mètres qui le séparaient de lui, posa la main sur son épaule et la serra.

— Calme-toi, vieux, dit-il. Tu n'as pas confiance en nous?

Il sentit que Willman se rassurait. Il lui enleva le rétro et jeta un coup d'œil dans le couloir à droite. Il vit des gaffes de dos, qui marchaient vers la 13ᵉ division. Il devait y avoir du grabuge de ce côté, un type qui faisait du tapage et qu'ils allaient descendre au cachot. Ce groupe de gaffes avait effrayé Willman; se sentant fautif il avait automatiquement cru que ces gens venaient à la 11-6.

— Ils sont passés, dit Manu. Ils vont à la 13. Une histoire là-bas, sans doute.

En passant devant la porte de la 11-6, ils avaient certainement entendu les chocs sourds et profonds assenés par Roland. Ils avaient continué leur chemin, le reste ne comptait pas. Manu rentra le rétro et donna une tape dans le dos de Willman.

— Tu vois, ils sont partis, dit-il.

Il se sentait jeune, en pleine forme. Il enjamba les lianes

de carton, pour relayer Roland. Il ne subsistait plus qu'une bordure de béton. Roland ne frappait plus. Il utilisa une gamelle pour enlever la terre mêlée de petites pierres qui se trouvait sous le béton, afin de l'isoler. A présent chaque coup de masse faisait tomber un pan de ciment. Manu et Roland s'agenouillèrent au bord du trou, et remplirent les gamelles de terre qu'ils passaient ensuite à Roland pour les vider dans un sac. Ils tombèrent très vite sur le fond proprement dit, plus résistant. Ils n'étaient qu'à environ 20 cm du plancher.

— Maintenant il faut une barre à mine, dit Roland.

Le lit offrait le long fer plat, large et assez épais, de son cadre. Roland le détacha à la scie. Ensuite, il en coupa une des extrémités en biais pour la rendre pointue. Geo tendit son bras sans un mot. Roland comprit qu'il revendiquait sa part de risque et lui confia la barre. Il se mit au travail sans passion apparente, cependant que le fait même de travailler l'élevait au-dessus de toutes les passions. Dressé au bord du trou, il montait la barre et la lançait sur l'obstacle. La barre allait et venait, de bas en haut, de haut en bas, passant devant son visage dans l'axe de ses yeux et ensuite, entre ses jambes écartées. Il la maniait à deux mains; ses mouvements sobres donnaient une impression de continuité. Le bruit s'apparentait à celui d'un pic, avec l'espèce de chant du métal contre la pierre. Au fur et à mesure que le temps fuyait, le bruit prenait moins d'importance.

Willman s'habituait à l'idée qu'aucun gardien ne viendrait les surprendre, à l'idée que tout se passerait définitivement bien. Pour un peu, il s'endormirait à l'exemple de toutes les sentinelles du monde qui s'assoupissent à force de guetter inutilement. Le danger, lui, ne compte que là-dessus; il se met à vivre dès que les paupières se ferment. Il n'existe pas véritablement avant. Les yeux ouverts de la sentinelle tiennent la trappe fermée. Dès qu'ils se ferment, la trappe s'ouvre et le danger se glisse par ce chemin. Mais pour Willman tout est renversé; ce n'est pas une sentinelle comme les autres. C'est une sentinelle inutile. Qu'il donne l'alarme ou non, ses amis pourront toujours le protéger.

Geo creusait toujours; au flanc de la cellule, la blessure saignait. Ils remplissaient les sacs avec les entrailles de pierre et de terre. Le soir descendait. Roland relayait Geo, Manu relayait Roland, soutenus par la pensée mitoyenne et muette de sentir bientôt la barre à mine s'enfoncer dans le vide, d'éprouver la communication entre eux et la petite cave blottie sous chaque cellule. Pouvoir vider les sacs par ce trou, s'alléger, déblayer la cellule comme l'aéronaute lâche du lest pour sauver sa peau. Manu travaillait sans penser à rien, fournissant le maximum comme pour se ménager une excuse en cas d'échec. Chaque coup descendait plus bas la pointe de l'outil; la position du corps s'en était modifiée d'autant.

Lorsque le vide s'ouvrit sous la barre, Manu, entraîné par son élan, tomba à genoux. Le sang afflua vers le cœur, non d'être tombé sur les genoux, mais d'avoir percé le passage. Roland agrandit le trou à l'aide d'un travail savant de la barre, l'utilisant tantôt comme un levier, tantôt comme une masse. Ils se penchèrent tous au-dessus de l'orifice; un léger courant d'air apporta une odeur de moisi. Monseigneur, dans le désir d'un contact plus étroit, s'allongea sur le ventre dans la position de l'explorateur assoiffé qui n'a plus qu'une seule préoccupation terrestre : le contact avec l'eau.

— Qu'est-ce que tu vois? demanda Willman.

Monseigneur ne voyait rien; les yeux clos, il s'abandonnait à l'ivresse de sentir une autre issue que la porte et la fenêtre. Une issue déjà libre, inconnue des juges, des policiers, des surveillants.

— Nous descendrons ce soir, décida Roland.

Les sacs étaient vides. Ils tirèrent la pile de cartons sur le trou et se mirent à travailler au décorticage avec l'application qu'apporte l'homme à tromper son semblable. Ils virent Bouboule comme dans un rêve, écoutant à peine son :

— B'soir, les as!...

Manu pensa à d'autres temps, aux passages à vide, où les brèves apparitions de Bouboule, de toutes les espèces de Bouboule de la terre, apportaient leur détente. On les espérait, on les suppliait de l'âme, on leur répondait n'im-

70

porte quoi, afin qu'ils restent un peu dans l'embrasure de la porte. On tentait inconsciemment de retenir le temps à deux mains. Les milliers d'habitants de la Santé vivaient ainsi. Mais aujourd'hui, des milliers, moins cinq.

Le règlement s'accomplissait; la cuvette pleine des objets rituels (encrier, porte-plume, etc.) dormait déjà dehors. La porte était bouclée à double tour. Ils tirèrent aussitôt la pile de cartons, démasquant le trou.

— Nous avons un quart d'heure avant la première ronde, dit Roland.

Il s'empara des deux sacs remplis du déchet de carton, les étira, les creusa par pression des genoux et, enfouis sous les couvertures, ils ressemblèrent à deux détenus modèles. Il bourra de chiffons un béret et le bonnet russe de Monseigneur, pour achever son camouflage.

— Provisoire, dit-il. Demain nous ferons mieux.

« " Il " fera mieux », pensa Cassid, en prenant fugitivement conscience de l'inutilité du courage chez l'homme, quand il n'est que courageux. Il regarda le trou, se laissant envahir par le mystère qui s'en dégageait. Il s'y glisserait à un moment donné pour tomber dans un dédale de galeries souterraines. Que ferait-il alors de sa témérité? Il se sentait impuissant en face de la matière.

Il fut décidé que Roland et Manu descendraient les premiers; cette première nuit serait consacrée à un raid de reconnaissance. Ils se vêtirent des plus vieux habits qu'ils possédaient, serrèrent leur pantalon aux chevilles en faisant monter leurs chaussettes par-dessus. Ils se placèrent derrière les cartons, pour se retrancher du champ de vision des gardiens. Ils ne comptaient plus; pour le surveillant, ils dormaient sagement. Cassid, Willman et Monseigneur se couchèrent aussi.

La paillasse de Monseigneur était la plus proche du trou. Ils lui attachèrent une ficelle autour de la cheville. Dès que Roland et Manu seraient partis, Monseigneur jetterait la ficelle en bas, de sorte qu'ils puissent le réveiller.

Manu s'assit, laissant pendre ses jambes dans le trou. Il posa ses mains à plat sur le sol, poussa sur ses bras pour soulager son corps, et le laissa glisser lentement, en freinant sur les bras. Le trou avait la forme d'une marche d'escalier très usée, à angle doux. Manu amorça une ondulation du corps, et bientôt ses poignets arrivèrent au ras du sol. Ses bras étaient collés contre ses oreilles dans un mouvement d'élongation. Cependant, ses pieds pendaient encore dans le vide; il s'en inquiéta. Seul le frottement de son corps contre la paroi l'empêchait de tomber. Il réfléchit très vite qu'il n'était pas perpendiculaire au plancher, et plia les genoux dans la recherche du sol de cave. Il rencontra aussitôt une sorte de pente. Alors, il se laissa glisser sans hésitation, s'asseyant bientôt sur un sol meuble; il y retrouva la terre et les pierres vidées la veille. L'obscurité était totale; il la scruta, se concentra avec force dans l'espoir de percer les ténèbres. Il s'étonna de ne pouvoir déterminer l'emplacement du soupirail qui donnait sur la cour de promenade. Mais dehors, il faisait une nuit d'encre, et le soupirail respirait au ras du sol. L'ensemble s'orchestrait dans une impénétrable symphonie en noir. « Le noir, ce n'est même pas une couleur, pensa Manu, c'est le néant. » Il n'osait pas s'écarter du trou de peur de ne pouvoir le retrouver. Il se dressa sur les genoux et battit doucement l'air de ses mains, les bras levés. Il rencontra la blessure du trou, en palpa les lèvres boursouflées.

— Roland..., souffla-t-il.

Roland attendait ce signal depuis un siècle. Il avait vu disparaître son ami par petites secousses. Il avait beau se dire que le sol de la cave était obligatoirement tout proche, à une distance qui ne pouvait dépasser une longueur de corps, il s'inquiétait. Il engagea sa tête pour répondre.

— Oui. Attrape...

Et il accompagna le plus loin possible, de l'épaule et du bras tendu, un paquet; le passe-partout, la scie, des allumettes et un vieil encrier bourré de saindoux, dont émergeait une mèche fabriquée avec les franges d'une serviette éponge. Manu se tendit et leurs mains se rencontrèrent... Il prit le paquet.

— Attends..., dit-il.

Et il déposa une pierre dans la main de Roland, comme ça, pour chahuter, car on ne pouvait pas toujours être

72

triste et anxieux. Il imagina le sourire de Roland, et cela lui fit du bien. Le paquet ne rentrait pas dans sa poche. Il le glissa entre sa chemise et son pull-over : les angles durs des objets le gênèrent, mais il n'eut pas le temps de leur chercher une place meilleure contre un endroit plus confortable de son corps, car Roland amorçait sa descente. Des petites pierres, un peu de terre se détachèrent sous le ramonage de Roland.

Manu, à genoux, les mains légèrement levées, attendait de pouvoir saisir les pieds de Roland. C'était le principe des efforts séparés. Dans une cordée de deux, en montagne, il y en a toujours un qui regarde l'effort de l'autre, immobile, ne pouvant souvent pas faire grand-chose pour l'aider dans certains passages. Roland respirait bruyamment, s'agitait beaucoup et ne progressait pas, ou presque. Enfin, Manu happa un de ses pieds. Roland ramena le second et se sentit mieux du contact des mains de son ami sur ses pieds. Il sembla à Manu que le corps de Roland se tranquillisait. Il exerça une traction lente, progressive, pour aider Roland à descendre. Le corps de Roland gagna quelques centimètres, Manu se pendit de toutes ses forces et tira inutilement. Roland, coincé, agita ses pieds comme pour chercher un appui. Manu les lâcha et offrit son dos arrondi, en s'arc-boutant. Roland, les genoux pliés, y appuya ses pieds et poussa pour remonter dans la cellule. Il haletait. Dans l'impossibilité de monter ou de descendre, il éprouvait les plus grandes difficultés à respirer.

Il avait fourni de violents efforts, et les parois du trou écrasaient sa cage thoracique. Manu se demandait comment il avait fait son compte pour s'immobiliser de la sorte. Il abandonna sa position de support et remonta la pente à quatre pattes jusqu'à la sortie du trou. Il y enfonça ses bras, cherchant à déterminer la position du corps. Il comprit que Roland, voulant se retourner à un moment précis, s'était bloqué en force. Il s'était verrouillé. Il continuait bien à se débattre, mais ce n'était plus une action soutenue.

Il en arrivait aux spasmes dont il connaissait déjà les hauts et les bas, la vaine agitation suivie de l'écroulement physique; ce goût sirupeux de la fatigue et cette somnolence comateuse. Manu avait essayé de lui parler; il ne répondait pas. Il avait ensuite tenté d'agrandir l'orifice, mais Roland était coincé trop haut, et, entre son corps et la paroi qui l'étouffait, il n'y avait pas de place, même pour une feuille à cigarette.

Roland bougeait de moins en moins. Il n'avait plus peur. La première émotion de se sentir bloqué s'était estompée. Après quoi, il avait lutté le mieux possible. Il ne bougeait plus depuis deux minutes; la minute avait la valeur d'une année. C'était son plus long repos. Il le faisait durer, afin de rassembler toutes les forces existantes.

Monseigneur, les yeux rivés sur l'œilleton, attendait le passage de la première ronde pour se lever et s'approcher du trou. Cela ne pouvait plus tarder. Il voyait bien que Roland n'avait pas complètement disparu et s'imaginait que cela venait de Manu. En bas c'était le mystère pour Monseigneur; Manu avait dû conseiller à Roland de ne pas descendre complètement, à cause d'un quelconque danger. Monseigneur, ne voyant pas les efforts de Roland pour se dégager, ne s'alarmait pas outre mesure. Il voulait juste demander à Roland son avis.

Willman et Geo, plus éloignés, ignoraient la présence de Roland dans le trou. Ces minutes étaient différentes pour chacun, car, bien que vécues ensemble, tassés les uns sur les autres, l'âme les transformait au passage, et un écart de deux mètres dans la position de chacun changeait aussi le drame en vaudeville.

Il y avait Manu, isolé de tous par le corps de Roland. Il pensait à la mort possible de Roland. De toutes les manières, comme ils devraient déclarer la mort au matin, le fait pour lui de se trouver dans le sous-sol ne changeait rien. L'administration découvrirait le mort dans le trou, et les quatre survivants seraient jetés au cachot, qu'ils soient dans le sous-sol ou dans la cellule. Manu pensa à se cacher dans un autre endroit, et à venir s'alimenter à la fenêtre d'une cellule amie qui donnait sur la cour de promenade. Il pourrait scier le barreau du soupirail pour se hisser dans cette cour. Il profiterait de sa liberté dans les entrailles de la prison pour creuser une voie quelconque. Enfin, il verrait. Il n'était plus dans la cellule. Il lui répugnait de se constituer prisonnier. Roland ne bougeait plus du tout. Il le pinça à la cheville. Il remua.

Roland comprit que Manu le croyait mort. Il compta mentalement jusqu'à vingt pour jeter le reste de ses forces dans la bataille. Il aurait voulu avertir Manu, de manière à synchroniser son effort avec son aide. Il ne sut comment s'y prendre, et se contenta d'imaginer que Manu l'aiderait dès qu'il le verrait s'agiter à nouveau. A vingt, il s'arrêta. Il avait atteint la limite fixée, mais il lui fallait choisir le chemin; voulait-il monter ou descendre? Il n'en savait rien, et se jugea soudain très pauvre, infiniment seul et désemparé. Seul, avec Manu contre ses pieds, et Monseigneur à deux mètres de ses mains.

Il était si enfermé qu'il ne pouvait vraiment pas s'orienter dans un sens ou dans un autre. Il ne pouvait que se contorsionner sur place, c'est-à-dire entre ses vêtements et sa peau. Les vêtements étaient amalgamés à la pierraille; son corps pouvait sensiblement jouer entre l'étoffe, ce qui lui donnait la fausse impression de se mouvoir dans la cheminée.

Il y avait Monseigneur, qui attendait la ronde pour discuter le coup avec Roland; ce vieux fainéant qui paressait dans le trou.

Il y avait Willman, qui pensait à Christiane, et qui souhaitait bonne chance à Manu et à Roland pour que Christiane soit bientôt dans ses bras. Il se disait qu'ils avaient peut-être déjà trouvé un chemin, et qu'ils remonteraient bientôt leur annoncer l'exaltante nouvelle. Il se trouvait très satisfait de la tournure des événements.

Il y avait Geo Cassid, qui pensait paisiblement. Il se sentait l'âme guillerette en imaginant ces deux veinards en train de se balader dans le sous-sol. Cela lui plairait de le faire aussi, tout à l'heure, si l'action le réclamait. Il vit Monseigneur se lever et s'agenouiller près du trou. « Plus on est âgé, plus on s'inquiète », pensa-t-il. Il lui demanda :

— Tu apprivoises les rats?

De Roland, Monseigneur ne voyait que les bras, coudes écartés, mains contre la pierre à hauteur des oreilles, et le dessus du crâne, immobile. Il lui donna une petite tape amicale, et sentit d'un seul coup les mains de Roland s'accrocher à sa main, les bras de Roland s'enrouler autour de son bras avec cette force déployée par les noyés. Ainsi Roland était coincé depuis tout ce temps. Il en fut si bouleversé qu'il chercha à appeler Geo, mais aucun son ne franchit ses lèvres. Roland remuait les pieds pour faire comprendre à Manu qu'il voulait pousser sur son dos comme à la dernière tentative. Il plia les genoux et tendit les jambes à plusieurs reprises pour faire image. Manu plaça chacun des pieds sur ses épaules, et en maintenant les jambes raidies de Roland derrière les genoux, il poussa vers l'intérieur de la cellule comme s'il désirait y remonter lui-même.

Geo avait rejoint Monseigneur et ils tirèrent par secousses conjuguées le corps de Roland, en l'agrippant chacun sous une aisselle. Ils l'allongèrent sur une paillasse, le recouvrirent d'une couverture. Willman conserva suffisamment de sang-froid pour détruire les mannequins, Monseigneur s'étendit sur sa paillasse, Geo retourna dans son coin.

Manu entreprit de remonter avec une sorte d'appréhension. Il trouva le passage élargi. Il émergea aisément dans la cellule et gagna sa paillasse à côté de Roland. Il se couvrit pour éviter qu'un surveillant ne trouve anormal son accoutrement terreux. Roland reprenait son souffle petit à petit. Willman alla chercher un peu d'eau et se recoucha. Monseigneur et Manu encadraient Roland. Ils lui passèrent de l'eau sur le visage avec un mouchoir; ses lèvres bleuies étaient toutes craquelées. Ils l'essuyèrent avec un linge sec et n'osèrent pas se regarder quand ils virent des larmes rouler maladroitement sur son visage torturé.

Cependant Manu dit comme pour lui-même :

— C'est nerveux.

Les mots sonnèrent comme la recherche d'une excuse. Une fois formulés, ils lui parurent méprisables. La souffrance ne peut toujours s'enfermer complètement. Elle sait arriver en surnombre, et il n'y a aucune raison pour s'excuser de souffrir.

Roland n'avait pas envie de parler. Il s'abandonnait à la joie de vivre et à une torpeur réparatrice.

Manu avait laissé la clef, la scie et la chandelle dans la cave. Après la deuxième ronde, il se leva avec Mon-

76

seigneur pour déshabiller Roland. Ils placèrent la barre à mine dans le trou, de façon à pouvoir la récupérer, et firent un paquet des habits terreux de Roland et de Manu, qui voisina avec la barre. Et ils masquèrent le total avec la pile de cartons.

Personne n'avait envie de parler. Manu pensa qu'il suffirait d'agrandir le passage demain, pour que le drame actuel ne soit plus qu'un souvenir, mais il ne le dit pas. Tout le monde devait le penser, ce n'était donc pas la peine d'en parler.

— J'ai cru qu'il allait mourir, dit-il seulement. Et je n'ai rien pu faire.

Il ne lui plaisait pas que les autres lui imputent des actions méritoires, un rôle magnifique, dans cette cave. Lui, le premier à avoir pris contact avec la cave. Monseigneur tendit sa main au-dessus du corps de Roland et serra le bras de Manu. Manu en éprouva une contraction du cœur. Il tourna la tête pour dissimuler son émotion et son regard se noya dans celui de Geo. Il lui semblait qu'il allait parler, qu'il allait lui dire : « Ça va, mon vieux, je suis avec toi », mais Geo dit simplement :

— Demain, il fera jour...

Et ce soir cela signifiait la même chose. Manu décrocha son regard et baissa la tête pour fuir le contact humain. Si son dépouillement eût été plus complet, il eût pleuré sans fausse honte.

Ils se réveillèrent avant l'heure avec le froid qui liait sans faiblesse les veilles au lendemain. Willman ouvrit les yeux sous la misère des couvertures et les referma aussitôt. Il éprouva le besoin de passer son index aux coins des paupières, pour les décoller, mais n'eut pas la volonté de modifier la position de ses bras. Les événements de la veille l'assaillirent, et il trouva injuste d'être pris à la gorge par la vie dès l'aube. Il se plaignit doucement à lui-même, dans la recherche d'une existence plus facile, et le souvenir du luxe, de Christiane, remplaça l'image de Roland crevant dans un trou comme un rat. Il en souffrit davantage. « Que je pense au pire actuel, ou au meilleur du passé, je souffre, se dit-il. Je ne cesse de souffrir, et un homme ne peut vivre dans une continuelle souffrance. » Pourtant, il ne voyait pas le moyen de l'atténuer. Cela lui fit peur. Il ne pensait pas à l'acte qui l'avait précipité à la 11-6. Il pensait seulement qu'il avait froid, que l'eau encore plus froide du robinet l'attendait. Il se sentait hirsute, barbu, et son linge douteux lui donnait le cafard. Il craignait que Roland ne se décourage. Il avait l'impression que tout le monde voyait le trou à l'angle de la 11-6. A la pensée du déferlement dont ils feraient l'objet, il se recroquevilla dans un réflexe infantile.

— Borelli! Palais, cria le gaffe.

Ils sursautèrent. Ils étaient enfoncés séparément dans leur préoccupation, et bien qu'éveillés avant l'heure, personne n'était debout. Manu sauta sur ses pieds, et récupéra du café au hasard d'une gamelle douteuse. Il tremblait un peu sur ses jambes. Ce n'était pas le froid. Cette visite au Palais, annoncée par le gaffe, le prenait au dépourvu; d'habitude l'avocat l'avertissait des dates d'interrogatoire. Que voulait encore ce juge? Il était brisé par l'émotion de la veille. Il déplorait de quitter la cellule dans une période critique.

Roland, assis sur sa paillasse, se perdait dans la réflexion. Manu lui offrit un quart de jus, et mit péniblement ses chaussures. A force de vivre en pantoufles, les pieds s'élargissent. Roland buvait son café; il n'était pas marqué par la lutte de la veille. Il semblait très calme. Manu avait envie de lui demander comment il se sentait. Il préféra s'abstenir se disant que Roland ne voudrait peut-être pas ressasser cette histoire.

— Tu devrais compter les pas, de notre cellule jusqu'à l'angle de la 5ᵉ et 7ᵉ division, lui dit Roland. Cela nous servira à délimiter le quartier haut du quartier bas, une fois en dessous.

Les autres se regardèrent, et Manu se félicita d'avoir tu ses allusions. Willman écarta ses couvertures, et son visage boursouflé prit contact avec le froid; Roland n'abandonnait pas, il ne parlait même plus de l'accident. Après tout, la vie n'était pas si mauvaise. La cellule s'agita, au rythme de Manu; c'était toujours ainsi à l'occasion d'un transfert, d'une extraction pour le Palais, d'une libération. Celui qui partait changeait de vie et ses gestes nouveaux, étrangers aux gestes quotidiens, troublaient un instant le fin réseau des habitudes.

— Attention à la promenade, dit Manu à Monseigneur. Restez ensemble.

Il craignait un ennui avec les voisins, des insultes ou une bataille idiote, aux imprévisibles conséquences. L'unité de la cellule devait se prolonger au-delà des murs de la cellule. Il pensait aussi que Willman avait besoin d'être encadré, soutenu par une même ambiance.

— Le Palais... soupe? interrogea le gaffe.

Borelli secoua la tête. Cette « Soupe du Palais », comme il disait, n'était que le reste de celle de la veille. Elle sentait le fer, l'aigre. Le prisonnier non assisté la prenait : elle représentait son unique nourriture jusqu'au soir, et s'il rentrait trop tard, il dînait froid. Et puis, « Le Palais », à quoi cela rimait-il? Il n'était donc plus que le lieu où il se rendait? Il avait un nom et il allait au Palais. Tandis que « Le Palais... soupe »? signifiait quoi? « Cela leur ressemble bien », se dit-il. Il était prêt, avec du linge propre, des vêtements nets, protégés de la misère du lieu, à force d'expérience. Une lâcheté de plus, que se présenter au monde sous un aspect constructif. Ne pas oser refléter la prison et sa mistoufle.

Ils pensaient tous que les conditions d'existence des grandes maisons d'arrêt étaient un chancre social, et ils se faisaient les complices d'un hypocrite système, en sauvegardant, au prix de sacrifices anormaux, les trop bons vêtements à travers lesquels le monde libre les verrait. Borelli était comme les autres, pire que les autres peut-être. Il était bourré d'idées, les faisait prévaloir dans n'importe quelle discussion. Et il continuait à marcher sur le sentier étroit et encaissé de la vanité, du petit orgueil, de ce sale besoin de paraître, de se pavaner. Il s'était rasé avec une vieille lame Gillette, montée sur un morceau de bois. La Pénitentiaire ne s'intéressait qu'aux barbes des jugements de correctionnelle ou d'assises. Sans doute à cause du public et des photographes. Afin que les chefs suprêmes n'aient pas à rougir de leurs pensionnaires, ni à donner des précisions sur l'hygiène de certaines prisons. Des audiences du juge d'instruction, ils s'en foutaient. Le roulement des coiffeurs aboutissait à un délai de quinze jours entre chaque barbe, et environ deux mois pour la coupe de cheveux.

Ce matin, Manu avait couru un risque en se rasant frauduleusement. La peau de son visage lui cuisait; une Gillette usagée, employée comme un rasoir à main, ce n'était pas le rêve. Il préconisait souvent d'inonder le Palais de détenus à l'état naturel; barbes, vêtements fripés, linge plus que douteux. Il en était si loin qu'il préféra songer à sa famille, à Solange, orientant le problème sur le terrain sentimental; pouvait-il aviver leur chagrin en offrant le spectacle d'un clochard? Les raisonnements conduisent à tout, et la façon de présenter certains actes transforme les actes eux-mêmes.

C'est ainsi qu'en lisant son propre *curriculum vitæ,* dressé par d'intègres fonctionnaires, il éprouva la curieuse impression de lire un roman. L'intégrité des enquêteurs compliquait tout; elle soustrayait l'unique explication des métamorphoses. Sa jeunesse, son périple de lycéen, qu'en avaient-ils fait? Qu'étaient devenues ses véritables intentions? Par quel phénomène des espiègleries indiquaient-elles qu'il avait toujours été un monstre en puissance?

— On agrandira le trou, dit Roland dans un sourire à peine esquissé.

Manu ne quittait pas une cellule ordinaire, la cellule de toutes les pénibles instructions. Il quittait une cellule vivante, à moitié libre, enrichie d'une issue ignorée de tous, ignorée du juge d'instruction. Il prit le casse-croûte préparé par Monseigneur, et leva une fois de plus les bras, afin que le gaffe puisse le fouiller à l'aise. Il gagna le rond-point sans rencontrer grand monde. Là, se rassemblait la nourriture humaine du Palais de Justice. A gauche, l'épais serpentin des délinquants petits et moyens. A droite, les affaires de haute surveillance, toujours à part, sorte de gratin, siège d'un orgueil déformé qui compensait mal l'écrasement des délits. Mais peu comprenaient que la victoire ne consistait pas à être davantage surveillé. La publicité, à la « une » des grands quotidiens, célébrait les faillites.

Manu serra la main de quelques vedettes, qui attendaient contre un mur le moment de descendre les escaliers, sous l'œil mi-intéressé, mi-admiratif du menu fretin. Les grands criminels du siècle s'étaient appuyés à ce mur. Le dernier en date, le docteur Petiot, y avait tenu salon. La première fois qu'il l'avait vu, Manu en avait éprouvé un malaise. Il se demanda ensuite à quel point le retentissement des crimes de Petiot pouvait influencer ceux qui l'approchaient. Que l'homme de la rue ne puisse séparer les articles de journaux de la personnalité du délinquant, il n'y avait en cela rien que de très normal. Mais un criminel pouvait-il s'effrayer du passé d'un autre criminel?

Petiot riait, ses épaules secouées par saccades jusqu'à

toucher ses oreilles, et Manu n'aimait pas ce rire. Il le trouvait inquiétant. Il n'aimait pas non plus les yeux trop grands, anormalement cernés. Pour résumer les sentiments qui l'animaient, il se disait qu'il n'accepterait pas de cohabiter avec Petiot dans une cellule. Aujourd'hui Petiot reposait, la tête sous le bras, dans une fosse commune. Il était mort parce qu'il apparaissait impossible de le laisser vivre; l'excès de ses crimes avait résolu le problème de sa propre existence. Devenu une caricature d'assassin, il eut contre lui tous les assassins de la terre. Aucun d'entre eux n'accepta de se reconnaître en lui; ils eurent peur de lui, et Manu sentit confusément que cette peur passait d'abord par la peur de soi. Mais il refusa de s'y attarder, et se garda d'en discuter dans l'espoir d'éloigner cette idée. Comme si une idée avait la docilité d'une pomme qui se ride sans témoin, au fond d'un tiroir, vieillit au point d'oublier qu'elle est née de la sève d'un arbre, et qu'en dehors de ce tiroir qui ne s'ouvre plus, il y a de l'air, de la lumière et des milliers d'autres pommes.

Il regardait dans le vague, moralement atteint par la lutte qu'il faudrait livrer au juge d'instruction. Personne ne parla du refus de trafiquer, prononcé par ceux de la 11-6. Le bruit n'était sans doute pas encore installé. Manu décida de ne supporter aucune réflexion à ce sujet. Il se dit qu'ils en étaient convenus autrement, dans leur cellule, et qu'il fallait respecter l'entente.

On l'appela. Il descendit les escaliers. Les enfilades de galeries lui suffirent à oublier qu'il ne devait la continuité de ses espérances qu'au hasardeux silence des autres. Il retrouva la cage du panier à salade comme une habitude, et pesa des yeux sur les fentes étroites du volet en fer pour que son regard s'infiltre dans la vie.

De toutes les cages du panier, sortes de vestiaires pour vivants, dépassaient les invisibles baïonnettes des regards. Ce qui faisait songer à autant de chasseurs d'images, tellement les cerveaux enregistraient goulûment les couleurs, les gens et les choses. Ils longeaient le boulevard Saint-Michel et Manu ne revoyait jamais la jeunesse étudiante sans un soupçon de spleen. La voiture cellulaire stoppa le long d'un autobus, à la hauteur de deux banquettes vis-à-vis. Les flancs des deux poids lourds se frôlaient, rétrécissant le champ visuel de Manu. Il ne voyait que les deux banquettes se demandant à quelle hauteur de l'autobus il se trouvait. Une femme assez forte d'une cinquantaine d'années, tenait à deux mains une sacoche noire. On sentait que la sacoche était son bien, lui appartenait depuis longtemps. Ses mains reposaient à une place habituelle, et la fermeture Eclair en débordait symétriquement.

Elle tenait la tête droite, le regard immobile. Elle attendait la prochaine station pour gagner l'appartement de sa fille qui était malade. Elle ne pensait pas à grandchose, sinon que la vie était difficile. La masse du panier à salade finit par imposer sa présence, et elle regarda dans sa direction. Les yeux de Manu brillaient derrière le volet comme jadis ceux d'un homme d'arme à l'abri de son bassinet, mais elle ne pouvait les voir.

Elle prit la voiture cellulaire pour un camion des P.T.T., cependant que Manu croyait qu'elle réfléchissait au sort des hommes enfermés si près d'elle. Elle était à une longueur de bras de Manu. A côté d'elle il n'y avait personne, en face non plus. Il meubla les places vides par les êtres qu'il aimait. Au cours des transferts, il souffrit souvent de ne revoir personne de sa connaissance.

Une seule fois, tout dernièrement, l'ambulance qui l'emportait à Fresnes s'était arrêtée porte d'Orléans, aux passages cloutés. Un ami d'enfance rentrait chez lui, paisiblement. Ils étaient deux frères, Roger et Robert. C'était Robert. L'ambulance démarra d'une vitesse égale, car les souvenirs et la souffrance n'alourdissent pas une mécanique. Robert ne se doutait pas que son ami l'avait vu de si près, alors qu'il était retranché du monde depuis des mois et pour toujours, prétendait-on; et si personne ne le lui disait, il ne le saurait jamais.

Le panier à salade s'ébranla avant l'autobus. La femme aux cheveux gris disparut, tirée en arrière par le passé. Des passagers de l'autobus, Manu ne vit plus que des banquettes vides et le chauffeur pour terminer. Ensuite il y eut un pont et la souricière.

Sa vie était devenue telle, qu'en dehors de sa cellule, il ne quittait la prison que pour aboutir à une souricière.

Ce n'était pas un simple mot; il désignait effectivement le lieu où se parquaient les prisonniers. Au-dessus d'eux, l'énorme machine à faire de la justice régnait. Elle les possédait. Elle les sentait grouiller dans leur rez-de-chaussée. Elle les sentait à sa disposition. Dans la souricière, ils attendaient que la volonté de la machine se manifeste.

La machine détachait un émissaire de son ventre. Elle lui donnait un petit bulletin rose avec un nom, et le numéro d'un de ses rouages. L'émissaire ne se trompait jamais. Son action délimitée par le bulletin rose, il fonctionnait comme un automate. Il portait un uniforme et, suivant une coutume, on appelait cet homme un garde mobile. La machine était exigeante, et le bulletin rose ne donnait aucun droit, seulement des devoirs.

La souricière se divisait en longues cages. D'autres serviteurs de la machine y entassaient sept à huit prisonniers. Il n'y avait pas de place pour sept à huit prisonniers, mais la machine ne possédait qu'une souricière. Elle ne s'attendait pas à ce subit accroissement de la clientèle, et comme elle logeait ces gens gratuitement, elle se refusait à considérer leur besoin. Elle vivait au-dessus des petits soucis matériels. Elle payait des robots pour violer les lois de l'hygiène et à un certain niveau, à un certain degré de l'échelle, il y avait des robots qu'elle méprisait. Mais eux ne s'en rendaient pas compte.

Ils éprouvaient parfois une sorte de gêne à compresser d'autres hommes dans des cages sans air, mais se disaient qu'après tout, ils obéissaient à des ordres supérieurs, et qu'ils étaient payés pour cela. Il s'en trouvait quelques-uns, certains jours, pour hésiter à le faire, pour sourire gauchement, pour traîner un peu avant de fermer les portes des petites cages longues, pour dire n'importe quoi afin de masquer leur trouble, mais ils connaissaient la machine, et ils avaient besoin de vivre.

Deux robots vinrent chercher Manu avec un petit bulletin rose. Les rouages ayant mentionné sur le bulletin qu'ils devaient se présenter à deux, ils étaient deux. Manu sortit de la cage et cilla sous la lumière du couloir. Il était trois heures de l'après-midi. Il était enfermé dans la souricière depuis neuf heures du matin. Il souffrait de la tête

comme presque tous. Vers midi un type s'était trouvé mal;
il avait vomi dans l'espèce d'écoulement toujours bouché
qui se trouvait au fond de chaque cage. Manu n'avait pas
mangé le casse-croûte préparé par Monseigneur.

Les gardes mobiles le fouillèrent, et lui attachèrent les
mains derrière le dos. Ils sentaient la caserne, le cuir neuf.
Ils n'avaient pas la tête·d'hommes méchants, bien que cela
ne démontrât rien. Ils se mirent en route; en passant devant
les portes des cages, Manu vit les fronts et les yeux de
ceux qui avaient la chance d'être contre la partie grillagée
de la porte. Ce privilège n'englobait que deux prisonniers;
les deux premiers entrés. Le reste s'enfonçait dans les
ténèbres du boyau. Les deux premiers se plaquaient contre
la muraille laissant passer entre eux les suivants.

Ils se demandaient pourquoi les gardes attachaient Manu
les mains derrière le dos, pourquoi ils étaient deux? Ce qui
alimenterait les conversations à l'intérieur des cages, tant
on recherchait à s'identifier au crime publicitaire. Manu ne
répondit pas à la réflexion d'un des gardes qui lui demanda
en ricanant « s'il n'y avait pas d'erreur sur la personne; si
c'était bien lui le dur »?

Les robots mesuraient une tête de plus que lui et leur
ceinturon sanglait une forte masse de chair et d'os. Un
orgueil primaire les inclinait à la raillerie afin de garder
une contenance. Ils se trouvaient diminués d'être deux pour
acheminer ce type au visage émacié, de taille moyenne,
mince, presque frêle. Manu comprenait qu'une fois de plus,
il ne pourrait pas embrasser sa famille. D'ailleurs serait-
elle là? Il s'agissait d'une instruction-surprise; d'habitude il
l'avertissait. Elle venait toujours, mais ils n'avaient pu
s'embrasser qu'une fois.

Aujourd'hui, le climat s'avérait peu propice. Ils se
hissèrent dans les entrailles de la machine par un escalier
aux marches raides. Un escalier de service, car la machine
possédait d'autres escaliers, des voies d'honneur aux degrés
doux, des escaliers tout en largeur que l'on gravissait sans
s'en apercevoir. Par ces chemins, les rouages de la machine
prenaient leur poste. Et aussi le public qui venait se divertir
et assister aux joutes oratoires.

Car la machine parlait; elle faisait parler et parlait beaucoup d'elle-même, avec ce sens du dernier mot, qui, dans la vie courante, est l'apanage des femmes. Sauf vis-à-vis de la machine; les femmes qui y travaillaient subissaient comme tout le monde la loi de la machine. Manu et ses robots suivirent un couloir jusqu'à une porte sur laquelle on lisait « Cabinet n° X ». Ils se trouvaient à proximité d'un rouage. De l'autre côté du couloir, une porte vitrée; elle était fermée. Elle donnait sur le domaine public. Après la séance, la famille de Manu l'ouvrirait peut-être, et du moins se verraient-ils.

Un robot frappa respectueusement à la porte n° X.

— Entrez..., cria-t-on.

Et ils entrèrent.

Un juge d'instruction concrétisait le rouage; c'était un grand juge, les crimes de Manu étaient de grands crimes, les avocats étaient assez connus pour que l'on puisse en dire qu'ils étaient grands, le greffier du juge s'estimait grand puisqu'il travaillait dans un bureau où se réglaient de grandes choses. Les robots s'assirent, gonflés d'importance, et Manu ne fut pas loin de penser qu'ils étaient grands, eux aussi.

Il adressa un signe de tête à la ronde, attendant d'être délivré des menottes. Il s'assit. Il était méprisable, mais pour l'heure sa présence faisait vivre le rouage. Son passé était odieux, il en convenait sans le dire, mais le rouage avait précisément besoin d'odieux pour fonctionner. La décoration perlait de tristesse. Les visages étaient graves, longs et tristes. Les objets avouaient leur lassitude de n'être tripotés par personne. Le téléphone ne ressemblait pas aux autres téléphones; le fil s'en échappait dans un avachissement neurasthénique. On comprenait qu'il ne transmettait que des mauvaises nouvelles et n'entendait parler que de drame et de désespoir. Un jour, en présence de Manu, la sonnerie retentit. Un appel sourd, contenu, comme s'il souhaitait qu'on ne l'entendît pas.

Le bureau était plein; il y avait des plaignants et leurs avocats. Les motifs de se plaindre étaient graves, mais ils ne connaissaient pas la machine, aussi s'entouraient-ils d'avocats, afin de mettre leur plainte en relief. Le peuple ne pouvait se passer de cette machine; il l'avait créée, et maintenant elle lui faisait peur, à l'image d'un enfant qui rejoindrait l'état d'adulte en une nuit.

Dans cette circonstance, les avocats intervenaient; ils avaient étudié au cours de leur jeunesse l'art et la manière de discuter avec la machine. Parfois ils disaient comme elle. D'autre fois ils se disputaient. Ils se chamaillaient également entre eux, sous le regard amusé de la machine; elle attendait que les arguments cachés voient le jour dans cette bataille, pour en profiter. Elle était immuable et n'avait rien à perdre. Ceux qui n'ont rien à perdre ne peuvent que gagner, et l'on ne sait plus par quel bout les prendre.

La machine tenait Manu; elle avait déjà gagné et il avait déjà tout perdu. La réunion d'aujourd'hui était de pure forme. Il s'agissait d'une politesse entre les rouages. Il existait trois rouages terminaux, à la fin du cycle. Le premier rejetait dans le courant de la vie un être hébété qui titubait comme un homme ivre, et se remêlait au troupeau, cahin-caha. Le second canalisait dans des prisons centrales à l'hospitalité de longue haleine. Le troisième séparait la tête du tronc. Envers Manu, la machine tirait la langue comme un écolier appliqué, afin de le placer à la disposition du troisième rouage. Elle n'était pas certaine d'y parvenir, mais elle y croyait. Il régnait un climat d'entente entre les rouages, qui autorisait les plus belles espérances.

— Votre défenseur n'est pas encore arrivé, dit le juge. Pourtant je l'ai convoqué.

Il interrogea son vis-à-vis, le greffier, du regard. Ce dernier acquiesça gravement du chef. Manu sourit dans une légère torsion de la bouche. Il ne souriait pas par contentement, non plus par ironie. Il s'agissait d'un état nerveux élevé à l'attitude. Il vit que les plaignants se regardaient; il eut conscience d'accentuer leur courroux.

— Vous pouvez refuser de répondre, continuait le juge, c'est votre droit.

Il se renversa sur son siège, dans un mouvement de tête vers les plaignants et leurs avocats. La machine faisait bien les choses. Les plaignants se dirent que l'accusé, choyé comme un chérubin, aurait mauvaise grâce de rechigner.

Oui, c'était cela, l'accusé avait toutes ses chances. Le juge savait que la présence de l'avocat ne changerait rien. Manu le savait aussi. Et l'avocat devait le savoir également. Les actes étaient commis; le juge les possédait en un dossier lourd, consistant. La dialectique ne modifierait rien. Sauf du côté de la machine qui parlerait pour accuser. Il s'avérait plus aisé d'accuser que de défendre, et l'opinion publique suivait, assimilait une exagération dans l'accusation, tandis que l'exagération dans la plaidoirie l'indisposait, amenuisant déjà une défense ayant peu à dire.

— Cela m'est égal, dit Manu.

— Comme vous voudrez, répondit le juge; je ne vous oblige pas.

Sa voix distillait la clémence, l'apaisement. Manu avait envie de lui dire de ne pas se tracasser pour le règlement, qu'il le déchargerait bien volontiers à l'avance des éventuels scrupules. Lui dire qu'il ne lui en voulait pas, qu'il n'en voulait à personne; rompre une bonne fois avec ce malentendu continuel entre l'accusé, le plaignant, le juge, la machine en général, la vie, les autres, le monde entier, ses propres crimes; rompre avec toutes les questions de la terre, les regrets, les « si », les efforts inutiles de l'avocat qui venait d'entrer et s'excusait d'un léger retard; rompre avec les excuses mêmes, et ce besoin de s'imaginer les pensées d'autrui, rompre avec tout sans mourir, se détacher de tout, et vivre néanmoins, s'absenter de la souffrance, s'échouer sur une grève tempérée, se glisser hors des mâchoires de la machine par un trou, le trou de la 11-6 qui l'attendait ce soir.

Il voyait peut-être le juge pour la dernière fois. Il serra la main de son avocat, et modifia légèrement l'angle de sa chaise pour contempler, sans se faire trop remarquer, les jambes spirituelles d'une avocate de la partie civile. Elle venait pour aider la machine à lui trancher la tête, mais elle avait de si jolies jambes et l'évasion paraissait si certaine, que Manu oublia ses attristantes fonctions. C'était une belle fille, Manu se trouvait en face d'un plaisir de la vie, peut-être le plus stable, le plus durable, le plus exaltant pour l'homme. Il pensa à Solange, à sa sœur, qui attendaient dehors le miracle d'un furtif baiser. Ses parents étaient malades; l'hiver était rude aux personnes âgées, et l'angoisse de l'âme affaiblissait la résistance physique. Il était tellement privé de tout, qu'un remous le porta vers ce qui lui manquait. Comme il écoutait mal les questions du juge, il y répondait en termes sibyllins, dans une auto-défense d'extrême limite. Et le juge s'éleva contre un cynisme insupportable.

— Vous savez comment cela se paiera, cria-t-il.

Ce n'était pas une menace due aux mauvaises réponses, mais un rappel des crimes, et une allusion à la troisième manière de sortir de la machine.

Un certain jour, il avait d'ailleurs déjà confié à l'avocat :

— Je crois que votre client va nous obliger à nous lever à l'aube...

Manu, sur sa chaise, transpercé par les regards, assailli par les reproches, poussé au dos par la muette hostilité des gardes mobiles assis le long du mur près de la porte s'impatienta.

— J'ai quelque chose d'important à déclarer, annonça-t-il.

Le silence s'installa. L'avocat intérieurement inquiet, les plaignants déjà contre tout ce que le misérable dirait pouvant l'avantager, le juge un peu ému bien que blasé, le greffier très important beaucoup plus royaliste que le roi suivant la coutume.

— C'est votre intérêt. C'est votre intérêt, insinua le juge d'un timbre persuasif.

— Eh bien, voilà, dit Manu. J'ai beaucoup réfléchi. Chacun tempête et crie de son côté alors qu'il est impossible de rien modifier. Je suis là, c'est le principal. Payez-vous et foutez-moi la paix. En d'autres termes, tuez-moi, et, entre-temps, laissez-moi vivre.

Il croisa ses jambes, posa son coude gauche sur son genou et cala son menton dans le creux de sa paume. La tête ainsi supportée, il se sentit moins fatigué. Le juge s'exclamait que ce raisonnement était très simpliste, que les choses se passeraient autrement, que l'on verrait bien, — il prenait la partie civile à témoin, — qu'il en avait dressé d'autres; — il se retournait vers la défense — que le cas s'aggravait d'autant. Et à force de parler et de trier les évidences, il en vint à formuler une idée sur laquelle il insista :

— Ah! mais peut-être espérez-vous vous évader, hein! comme vos complices sans doute? Alors on se moque de tout, on joue les indifférents...

Il marqua un temps d'arrêt et pointa son doigt vers Manu, en s'adressant aux gardes.

— Gardes! Je vous préviens, au moindre geste, usez de vos armes. Une B.a.l.l.e dans la t.ê.t.e.

Et il donna un petit coup sec sur son bureau du plat de la main. Les plaignants semblaient entièrement d'accord. La défense dit simplement :

— Quand même, quand même... Monsieur le juge.

Manu se dit qu'il lui serait impossible d'embrasser Solange. Les robots venaient de toucher leur ration de consigne, du concentré.

— Il n'y a pas de quand même, maître, disait le juge. Je suis comme ça. Bon garçon, mais avouez que les limites sont dépassées. Et vous verrez, maître, vous verrez, les choses se termineront mal, très mal, finit-il, en regardant son inculpé.

Manu en avait indiciblement marre. Il se remit à imaginer Roland, Monseigneur, Cassid et Willman. Le trou était sûrement agrandi et ce juge lui cassait les oreilles.

— Oh! là là! dit-il en haussant les épaules.

Dehors la nuit descendait. En hiver elle tombait vite. Le juge fit un signe aux gardes, qui enchaînèrent dans le dos ce qui leur apparaissait comme un mort vivant.

Manu réfléchissait au meilleur moyen d'atténuer, dans l'esprit du juge, la théorie de l'évasion, afin qu'il ne lui vienne pas à l'idée de prendre à son endroit une mesure d'isolement, de mise au secret. Il voûta un peu les épaules et attendit la dernière seconde pour dire :

— Je me fous de la vie...

Il témoignait de l'affection à son défenseur, mais s'abstint de le regarder. Il baissa la tête, et en dernière vision il emporta le galbe des mollets de l'avocate.

Sa sœur et Solange avaient entrebâillé la porte vitrée. Seul, le couloir de deux mètres de large les séparait de la porte du juge. Elles entendirent le bruit des chaises que l'on remue en se levant, et guettèrent la poignée de la porte. Elles sentaient que, d'ici quelques secondes, il apparaîtrait, proche et accessible à la fois. Les sentiments d'une maîtresse et d'une sœur, bien que différents, éprouvaient le cœur d'une façon semblable. La poignée de la porte tourna, commandant l'afflux du sang qui buta douloureusement contre les deux cœurs. Elles virent d'abord la haute stature d'un garde mobile; cela débutait toujours ainsi. Le garde les voyait et se plaçait en écran entre elles et Manu. Elles ne pouvaient s'éloigner avant l'apparition du garde et revenir assez vite pour Manu. Donc, le premier garde orienta son corps à l'exemple des précédents gardes, mais ce n'était pas un jour comme les autres, car l'instruction ne s'était pas déroulée comme à l'habitude.

Manu aspirait au contact vital des siens. Le robot était bien placé; la machine ne pourrait rien lui reprocher. Manu se cassa davantage pour inspirer confiance au deuxième robot qui fermait la marche. Il aperçut un peu de sa sœur à droite du garde écran, et un peu de Solange à gauche. Il amorça un mouvement brusque vers sa sœur pour déporter le garde écran, et se porta comme l'éclair vers Solange une seconde démasquée. Les poignets attachés derrière le dos, il ne pouvait la serrer dans ses bras; il se tendit en avant comme une figure de proue, avec l'impression d'être manchot, d'avoir les bras sectionnés au ras des épaules.

Solange offrit sa bouche. Il sentit des lèvres chaudes, l'émouvante douceur d'une langue qui se mêla éperdument à la sienne. Il ne vivait que par ce contact. A ces moments-là, une femme a l'habitude d'être enfermée entre les bras d'un homme, et Solange ne pensa pas à s'accrocher au corps de Manu. Ce qui facilita le travail des gardes. Ils tirèrent Manu et le poussèrent devant eux. Il eut de la difficulté à maintenir son équilibre.

Sa sœur s'était rapprochée de Solange. Elles pensaient que les robots étaient des brutes mais ne le dirent pas. Solange comprenait qu'elle trichait avec la vie et qu'il faudrait sans doute s'incliner devant l'impossible. La sœur de Manu ne réalisait pas exactement l'ensemble du drame; elle était heureuse de s'être effacée devant Solange avec l'instinct que Solange était davantage nécessaire à Manu. Lui et ses gardes ayant sombré dans l'escalier au bout du couloir, elles s'en allèrent. Leur émotion s'atténuait déjà : elles étaient jeunes.

A quelques degrés de la fin des escaliers, le robot qui marchait derrière poussa encore Manu. Il ne se révolta pas à cause de la chute qu'il n'évita qu'en heurtant le mur de l'épaule. Simplement il jugeait cette poussée inutile. Il tordit ses poignets entre l'arête des menottes, appuya sa paume contre le mur et le corps de travers, porta un coup de pied violent sur la cuisse du garde. Ce dernier tomba en arrière.

— Peau de charogne, rugit-il.

Le chemin de l'escalier était libre. Manu bondit et se retourna face à eux. Attaché dans le dos, il ne pouvait fuir dans les couloirs du Palais. Le garde qui marchait devant s'était retourné au juron de son collègue. Il vit Manu qui avait plusieurs mètres, et quelques marches d'avance sur lui, et sortit son automatique de l'étui.

— Halte! glapit-il.

— C'est à cause de ce salaud-là, dit Manu en désignant celui qui se relevait pour lui bondir dessus.

Manu chercha les barreaux de la rampe en tâtonnant et plia une jambe, le corps couché en arrière.

— Je t'en refile un coup, dit-il.

— Charogne, répéta le garde, mais il s'arrêta.

— Vous vous calmez, ou je me couche par terre leur dit Manu. Vous vous démerderez pour me transporter, et je me plaindrai au toubib.

Celui qui avait le revolver en main laissa pendre son bras le long de son corps.

— Allez, viens, dit-il à Manu.

Manu ne pouvait pas maintenir sa position. Il l'occupait depuis quatre ou cinq secondes, elle tenait du miracle. Il redescendit dans l'arène en disant :

— D'accord, mais si ça ne va pas, je gueule, et je me couche par terre.

Et le groupe des trois hommes reprit sa marche en silence dans le long couloir désert du sous-sol. Ils étaient loin des cages de la souricière. Les robots ne pouvaient se payer le luxe de porter un corps inerte. Ils auraient pu le frapper, mais ce type semblait déterminé au possible, une espèce de cinglé n'ayant rien à perdre. Mieux valait s'arranger à l'amiable. Ils se souvenaient bien de la recommandation du juge, mais entre des paroles et l'exécution d'un homme il y a une marge. Manu regarda celui qui avait reçu le coup de pied; son visage était boursouflé de rage contenue. « Qu'il se plaigne ou non, je m'en fous », pensa Manu. Bientôt il tomberait sous la coupe d'un autre rouage, le dernier échelon; les gardes mobiles y étaient peu prisés. Ce dernier échelon s'enorgueillissait de connaître et de manier les prisonniers mieux que personne. Ce point les isolait.

Manu et ses gardes arrivèrent dans le petit bureau qui recueillait les fiches roses. Il salua les surveillants avec sympathie, par transition. Il se détendait dans une ambiance dont il connaissait les réactions. Il reçut un choc, comme un coup de battoir, portant sur la joue, la tempe et l'oreille. Il était toujours enchaîné.

— Et maintenant? hein..., grimaça le robot.

« Et maintenant rien », pensa Manu. Il avait la tête en feu. « Et maintenant rien, mais pas complètement rien, car si j'avais une arme je te tuerais. » Il ferma les yeux pour s'imprégner davantage de cette vérité. « Je le tuerai, se répétait-il. Je ne l'oublierai jamais et je le tuerai. S'évader et le tuer, voilà le plus urgent. »

— Vous êtes quittes. Un type comme toi doit connaître ça, dit le second garde.

— Un type comme moi, il vous emmerde, grinça Manu.

Il lui enlevait les menottes, mais le robot qui l'avait frappé n'était plus là. Manu rengaina ses insultes. Il était déplaisant de se disputer comme des ivrognes. Son oreille lui faisait mal, mais il n'y porta pas la main et suivit le gaffe jusqu'à une des cages. Elle était vide. Il s'assit près de la porte et se figea dans une immobilité absolue pour que son cœur retrouve le rythme normal.

Ils l'appelèrent bientôt, avec quelques autres cas tardifs, et le panier à salade les reconduisit à la Santé. Manu s'abandonna à la tristesse de l'impuissance, écroulé sur le siège de l'étroite cabine, sans un sursaut pour regarder la nuit de la ville, la nuit illuminée. Il faisait très noir dans la cabine. Il semblait à Manu qu'il faisait noir partout et encore beaucoup plus loin que cela.

A compter de ce moment jusqu'à son entrée dans la cellule, il songea à ses amis. Il savait que durant la journée, ils avaient parlé de lui. Ceux qui restent parlent de celui qui part. Et quand il rentre, c'est lui qui parle.

— Ouf! dit Manu en pénétrant dans la pièce. Il la retrouvait comme une oasis. Mais il n'avait pas envie de parler.

— Tu as vu ta femme? demanda Willman.

Geo avait une question sur les lèvres. Il la scella encore un peu.

— Mauvaise ambiance, répondit Manu en se déshabillant. — Les chaussures lui transportaient le sang à la tête. — Ma femme, oui je l'ai vue, ajouta-t-il. Ma sœur aussi.

Il ne raconta pas qu'ils s'étaient embrassés. Il n'aimait pas ce genre d'étalage. Il se tourna vers Cassid.

— Je me suis battu avec un garde, dit-il.

Ils le regardèrent, stupéfaits. Il regretta de l'avoir dit, car il lui fallut raconter l'incident par le détail.

— N'y pense plus, dit Roland. Le trou est agrandi. Tout est prêt; les mannequins ressemblent à de vrais bonshommes. Tu es fatigué, mais je sais que tu voudras descendre quand même.

Oui, plus que jamais il voulait descendre. Il avait eu envie de crier à Solange : « Je reviendrai, je suis en train de revenir! »

Ils se couchèrent dans l'attente de la fermeture et du passage de la première ronde de nuit. Manu mangea un peu. Geo toussota dans son coin. Il donnait des marques d'hésitation.

— Tu l'as vu? demanda-t-il à Manu.

Non, il ne l'avait pas vu. Il était question de son complice dont la maîtresse connaissait celle de Geo. Par ce chemin Geo obtenait des nouvelles.

— Non, répondit Manu, le juge m'a appelé seul.

« Il doit souffrir », pensa-t-il, et la sorte de retenue de Geo donnait l'impression qu'il s'écorchait vif. Il y eut plein de silence.

La fermeture s'effectua. La première ronde ne tarderait plus.

— Ecoute..., dit Geo, et il s'arrêta.

Manu se tourna un peu vers lui.

— Peut-être cela t'ennuiera-t-il que je te le demande, mais c'est au sujet des gardes mobiles...

— Vas-y, l'encouragea Manu.

— A un certain moment, tout t'a semblé écrasant, impossible, n'est-ce pas?...

Manu ne répondit pas tout de suite. Il était heureux que Geo ait songé à ça de son côté.

— Oui, dit enfin Manu, impossible.

Et sa voix était blanche. Il réfléchissait au sentiment de Geo.

— Tu vois, Geo, dit-il doucement; je crois que nous sommes condamnés à ça. Tout est devenu impossible...

Monseigneur était assis, le dos au mur, les jambes allongées. Il les replia, les encercla de ses bras et posa son menton sur un des genoux. Il avait purgé des peines sous la loi du silence, et parlait sans remuer les lèvres, ou presque.

— Impossible contre les hommes, leur nombre, leurs armes, dit-il, c'est d'accord. Mais contre la matière tout est possible. La preuve...

Et il accentua son regard vers le trou.

Manu pressa la paume de sa main sur son oreille; il souffrait. Le harcèlement du sang battait en brèche le point affaibli par le choc. Il avait l'impression d'abriter un ennemi. Il se disait que ce soir, son corps s'associait au monde, contre lui.

Lorsque la ronde passa, que l'œil glacé s'encastra dans l'œilleton donnant le signal de la lutte, il ressentit lui aussi avec acuité combien il était dur de n'être qu'un homme. L'acharnement qui l'animait au retour du Palais cédait le pas au surmenage. Il aurait voulu ne pas être là. N'importe où, mais pas là. Dans une autre impasse, mais une impasse d'un autre ordre. Un cul-de-sac où, même s'il est impossible de revenir en arrière, on ne sente pas les yeux de tous les hommes vous sucer la pensée, vous guetter pour vous détruire. Que l'on puisse au moins oublier qu'il n'existe pas d'issue.

— En voiture, souffla Roland.

Ils démasquèrent le trou. Roland s'agenouilla et retira deux paquets, maintenus en surface par leur volume. Manu vit apparaître les mannequins. Les têtes d'abord, indépendantes. La première ne proposerait à l'appréciation des gardiens qu'un front, des sourcils et la naissance du nez. La seconde une oreille, une tempe, et un profil de nez. L'ensemble des têtes consistait en deux petits sacs en toile, bourrés de linge et de chiffons. Un dosage de savon et de la pâte dentifrice imitant la peau fut appliqué sur la toile des sacs. Des cheveux procurèrent les sourcils. Ils coiffèrent la première tête d'un béret, à ras des présumées racines de cheveux, remontèrent les couvertures jusque sous les yeux fermés. Procédé identique pour le second, coiffé d'un bonnet russe. Entre le bonnet et les couvertures, n'apparaissaient que les chairs savonneuses et cadavériques. Peau morte, triste peau aux rides immuables.

— Dans un collège de jeunes filles, ça ne marcherait pas, dit Geo. Les surveillantes ne tomberaient pas dans le panneau.

Il se divertissait intérieurement de ce parallèle, et s'étonnait de l'avoir énoncé tout haut.

— Oui, il faudrait qu'elles trouvent autre chose, dit Willman.

Il avait prononcé sa phrase machinalement. Il le regrettait déjà, car l'évocation des jeunes filles bruyantes, à la peau lisse, colorée par un sang riche, le livrait à Christiane. Une sueur inattendue baigna ses tempes, et sur sa nuque il sentit les longues mèches de ses cheveux adhérer à sa peau. Le froid glaça sur place cette humidité; Willman frissonna et une épaisse bouffée de haine adressée à Geo tordit sa bouche muette. Il s'essuya le visage avec son mouchoir...

Monseigneur et Roland achevaient la mise en place des mannequins. Ils tendirent l'extrémité d'une ficelle à Willman.

— Tu te couches sur le côté, lui expliqua Roland. Si tu vois que le gaffe s'attarde à l'œilleton tu donnes un petit coup sec. Le dos du mannequin bougera. Après la ronde tu le repousseras à sa place.

Le contact de la ficelle et les ordres de Roland réaxèrent Willman. Il ferma le poing sur la ficelle dans un assaut de confiance. Un autre système de ficelle serpentant sous les couvertures reliait Monseigneur au deuxième mannequin. A partir du mur il y avait Monseigneur, un mannequin, Willman, un mannequin, et Geo. Manu noua la ficelle-signal à la cheville de Monseigneur et revêtit ses habits terreux de la précédente tentative. Il s'assit aux bords du trou les jambes pendantes, leva la main en signe d'au revoir et se coula vers la cave. Il pensait à Roland, et Roland le savait; il trouva le passage‧ agréablement modifié et l'angoisse qu'il ressentait pour Roland s'envola.

En bas, il retrouva l'outillage, s'écarta un peu pour recevoir les pieds de Roland. Ce dernier s'assit aux bords du trou les jambes pendantes; ils feraient tous chaque fois les mêmes gestes, à l'image des pilotes qui se glissent dans l'habitacle exigu des appareils, ou des parachutistes qui se jettent en chapelet. Aux pieds de certains dangers, il ne reste qu'une possibilité, un geste unique qui unifie tous les hommes qui s'y présentent, sans distinction de couleur de peau, d'intelligence, ou de fortune. Roland sourit à Monseigneur qui était le seul à voir son visage. Pour Geo et Willman, il leva la main gauche, légèrement sur le côté. Ils se souvenaient tous de la veille. Lui, plus que les autres. Il souffla pour vider ses poumons, détendit ses membres, et les bras en élongation se laissa glisser.

A l'instant où Manu lui saisissait les pieds, ses mains arrivaient au niveau du plancher; il s'y agrippa, et tira sur ses bras vers l'intérieur de la cellule. Manu sentit que Roland remontait. De légèrement dressé qu'il était il tomba sur les genoux. Il jura. Il ne savait plus que penser. Il en voulait à Roland de s'y prendre aussi mal. Il en était là de ses réflexions, quand il reçut les jambes de Roland sur la poitrine et toute la masse du corps tombant dans la cave. Sous le poids, il recula le long de la petite pente jusqu'au pied du soupirail.

— Un véritable boulevard, souffla Roland.

Ils se retrouvèrent debout l'un contre l'autre. Manu

n'éprouvait plus le besoin de lui confier ses dernières craintes. Le présent était trop intense. Ils entreprirent d'allumer la chandelle. Les quatre mains tâtonnaient sur chaque objet, le retournant plusieurs fois dans la recherche du sens voulu. Ils ne bougeaient pas de place dans la crainte de heurter un mur. L'obscurité les enveloppait étroitement; la première allumette la troua modestement, puis la chandelle l'échancra en partant de ce trou. La nuit continuerait de se séparer dans le sens de la longueur sous la pointe de la chandelle, à l'image d'une étoffe sous la pointe du ciseau, au fur et à mesure de leur progression.

Ils étaient dans un creux; ils remontèrent des éboulis en direction de la cellule mitoyenne, la 8. Ensuite, une pente les descendit à l'aplomb du soupirail de la 8 et ils remontèrent pour atteindre le passage entre la 8 et la 10. Les caves créées par l'affaissement du sol communiquaient entre elles contre le plafond. Les plafonds étaient voûtés; les passages par lesquels ils se glissaient d'une cellule à l'autre, étaient voûtés aussi, les obligeant à ramper. Ils redescendaient sur les fesses, au fond de la nouvelle cave, s'aidant des talons, s'appuyant sur la paume de main libre. Roland ouvrait le chemin, armé de la traverse du lit. Manu, immédiatement derrière, tenait la chandelle le plus haut possible. Il changeait souvent de bras. Roland voyait danser les ombres autour de lui. Parfois, son outil tintait contre une pierre. Alors ils s'arrêtaient net, le souffle enfermé dans leur poitrine silencieuse, la tête dressée vers les cellules endormies. Ils écoutaient la nuit. Sous l'avant-dernière cellule il fallut agrandir le passage. Roland se servit de ses avant-bras comme d'un chasse-neige; le glissement de la terre et des pierres chassa le silence au bout du monde, dans un bruit qui leur sembla effrayant. Au-dessus d'eux, ils entendirent bouger. Bientôt, un robinet se mit à couler.

Manu souffla la chandelle. Un point rouge subsista un instant, clignota et mourut. Il lui avait semblé que cette lumière faisait du bruit. Il lui reprochait sa preuve de vie. Preuve de vie = B R U I T. B R U I T = preuve de vie. Immobiles comme des morts, ils amplifiaient les conséquences de leurs actes comme des vivants. Il leur fallait vivre sans exister. La conduite d'eau ne chantait plus; le robinet était fermé. Roland serra le bras de Manu; cela voulait dire : « On rallume et on s'en va. » Le grésillement du saindoux figé, hésitation d'une lueur jaune. Sous le dernier soupirail, ils tinrent conseil. Manu se plaçait toujours entre la chandelle et le soupirail. Les deux têtes se touchaient. Encore quelques mètres pour atteindre le sous-sol des galeries.

— C'est la répétition des grands couloirs, chuchota Roland. La nuit, les rondes doivent y passer.

C'était l'inconnu. Ils n'étaient certains de rien. Ils ignoraient le minutage, les directions de départ et d'arrivée.

— Au moindre bruit, j'éteindrai, murmura Manu, dans un réflexe de protection illusoire.

Roland savait que le quartier haut ne présentait aucune possibilité. Il faudrait gagner le quartier bas. Une sérieuse randonnée, et si une ronde les décelait, le chemin du retour serait coupé. Dans ce labyrinthe, la séparation était le premier danger à éviter.

— Dès que la chandelle s'éteindra pour une raison quelconque, dit Roland, nous nous tiendrons par la main.

Ils enjambèrent une brèche, et une faible dénivellation, étendue sur environ trois mètres, les déposa dans la galerie. « On se croirait dans le métro », pensa Manu. Les souterrains dégagent une odeur particulière, oppressante. Etonnés de pouvoir se déplacer debout alors qu'ils rampaient comme des taupes depuis une heure, deux heures, davantage peut-être, ils ne savaient plus au juste, ils marchaient en décomposant leurs gestes, dans un rythme de marche funèbre. Ils zigzaguèrent dans la galerie, émus par la sensation de profaner un temple lointain dont ils s'enfuiraient difficilement. « Nous sommes des explorateurs se disait Roland. Des explorateurs qui savent où ils sont, qui savent d'où ils viennent, qui doivent simplement retourner d'où ils viennent, mais par un autre chemin. »

Dans un angle formé par deux galeries, ils virent l'amorce d'un escalier. Ils se placèrent de chaque côté de la marche. Manu éleva lentement la chandelle, et ils tendirent le cou, la tête en avant; l'escalier tournait. Ils s'y engagèrent sous la protection de ce tournant. Parvenu là, Roland se plaqua contre le mur. Il ne voyait pas plus loin, l'angle était trop accusé. Il désigna le lumignon et ensuite une des marches. Manu comprit et posa l'encrier-lanterne sur le ciment. Roland, à quatre pattes, émergea du tournant dans la ligne droite qui aboutissait à une grille. Cette partie de l'escalier était éclairée par les galeries du rez-de-chaussée. Ils se trouvaient à l'angle de leur propre division. Roland se retourna; Manu le suivait, rasant le mur opposé. Ils se regardèrent, regardèrent la longue enfilade de galeries, et se regardèrent à nouveau. Avec le passe fabriqué par Roland, ils pouvaient ouvrir cette grille, pénétrer dans la détention habitée, grouillante de bouches ensommeillées, et ouvrir toutes les portes des cellules. Manu fit un geste vague.

— Toutes les portes, souffla-t-il.

Ils se regardèrent encore et redescendirent à reculons. Manu saisit la chandelle, et ils s'éloignèrent rapidement de l'escalier. Ils s'abritèrent dans une encoignure. Roland tenait la barre à mine, comme un Suisse sa hallebarde. Exaltés d'avoir une seconde mesuré leur puissance, ils ne subissaient plus la gangue souterraine. Ils étaient au-dessus de leur vie, changés en bois dont on fabrique les héros, mais ils n'avaient pas de général et on ne leur en demandait pas tant. Guerriers infâmes, contraints à fuir lâchement leurs adversaires de chair et d'os, ils ne pouvaient plus aboutir aux arcs de triomphe. Leur solution les narguait dans les profondeurs de la terre, voisinant avec les rats, dans les égouts de la ville.

— S'il y a des rondes dans les sous-sols, dit Roland, ils descendent par ces escaliers. Et il doit y en avoir d'autres; un à chaque angle.

Ils s'accroupirent. Roland avec une pierre traça le plan du quartier haut, et d'une voix situa leur position.

— Nous sommes à l'opposé du quartier bas, c'est lui que nous devons atteindre. Une fois là, je connais.

Manu se souvint que Roland s'était évadé du quartier bas en 194... en forçant la porte blindée du sous-sol.

— Le problème, termina Roland, réside dans la dénivellation; en surface un escalier relie les deux quartiers. Mais pour le sous-sol, il y a peut-être des souterrains indépendants ne communiquant pas.

Manu savait qu'il était impossible de monter en surface, d'emprunter l'escalier et de réintégrer ensuite le sous-sol du quartier bas, car l'escalier était couronné par un kiosque où siégeait l'état-major des surveillants. Ils se relevèrent. Tout était devenu très simple. Tellement simple qu'ils n'eurent pas une pensée pour Monseigneur, Willman, Cassid, et les mannequins. Pourtant ils dépendaient d'eux que l'alerte sonne en haut et les gaffes armés de fusils inonderaient les souterrains.

Ils débouchèrent dans une nouvelle galerie. Le long du mur s'entassait du matériel; des vieux lits, des régiments de cuvettes, des sacs de ciment, des madriers. Manu et Roland passèrent lentement, s'arrêtant parfois en baissant la chandelle, comme ces badauds qui touchent à tout et n'achètent jamais rien. A la suite des madriers, il y avait une porte. Roland demanda le passe à Manu et considéra la serrure. Elle était standard. Il introduisit le passe, tâtonnant, la tête légèrement de trois quarts, attentif au plus léger bruit. Il tenait la poignée du passe de sa main droite et son index gauche servait de support au corps même du passe, guidait l'outil, le haussant ou le laissant légèrement redescendre à l'intérieur de la serrure. Tout en avançant et en reculant son passe de quelques millimètres, il imprimait à la poignée des torsions de droite et de gauche. Bientôt, il sentit qu'il accrochait et le pène déserta la gâche. La porte était ouverte. Il éprouva une déception en face d'un enchevêtrement de vieilles chaises. Le dépôt de matériel aligné le long des murs de ce couloir indiquait un centre de travaux manuels. Roland espérait découvrir la serrurerie. Elle était forcément dans le sous-sol; en surface il connaissait toute la prison. Il ne croyait pas qu'elle fût dans une dépendance du quartier bas à cause des travaux constants que nécessitait l'entretien du quartier haut. En admettant que l'atelier principal soit au quartier bas, il existait une annexe en haut.

— Il y a certainement un atelier de ferraille dans le coin, dit-il à Manu.

Ils s'entretenaient toujours dans un chuchotement de confessionnal. Il serait pratique de travailler avec les outils de la maison. D'abord ils s'épargneraient les énormes risques d'acheminement, de l'extérieur jusqu'à eux. Ensuite la situation n'était pas dénuée d'humour. Roland referma la porte. Il savait maintenant que son passe violerait toutes les serrures de la prison, excepté une serrure à pompe de haute sécurité. Ils reprirent leur chemin, et l'investigation les mena au dernier angle droit du quadrilatère. Ils tournèrent, et la lumière qui les attendait les arrêta court. Ils rétrogradèrent dans le noir. Manu éteignit la chandelle qui pua un peu en fumant. Cette partie éclairée du sous-sol les effrayait. Roland passa la tête à l'angle du mur.

— Regarde, souffla-t-il à Manu, en le tirant par la manche.

La lumière ne venait pas d'une ampoule, elle filtrait du plafond à travers une série de petits cercles transparents. A nouveau ils s'engagèrent dans la partie éclairée. Ils se sentaient vulnérables. Très loin, au bout de la galerie, ils voyaient l'angle droit qui les ramènerait au point de départ dans une obscurité amicale. Malheureusement l'accès éventuel pour joindre le quartier bas ne pouvait être que sous cette clarté de cathédrale, au flanc même de la galerie. Elle bouclait le rectangle. Elle s'appuyait contre le quartier bas.

Plus ils avançaient, plus ils se rapprochaient du rond-point. Ils voyaient les surveillants marcher sur les ronds en verre. Ils ne les distinguaient pas dans le détail. Ils ne voyaient que l'ensemble d'une masse. Ils ne pouvaient s'empêcher de lever la tête, aimantés par ce danger vivant. Manu buta contre une tuile, une grosse tuile tombée, dégringolée d'une pile. Elle sonna en frottant sur le sol dur. Ils se figèrent. Il y avait une descente d'escalier à chaque extrémité de cette galerie, et une au centre, à la hauteur du rond-point. Ils n'en étaient qu'à trois pas. Une serrure claqua derrière eux. Les surveillants descendaient dans le sous-sol par un escalier d'angle. Manu et Roland ne pouvaient plus rebrousser chemin, ils ne pouvaient pas se dissimuler dans la montée de l'escalier du rond-point, car si les gaffes l'empruntaient pour réintégrer la surface, ils y seraient coincés comme des rats. Ils ne pouvaient pas non plus rejoindre l'autre bout de la galerie; ils en étaient trop éloignés.

Il y avait un pilier cubique en ciment armé au centre de la galerie, dans l'axe du kiosque du rond-point, comme pour en supporter le poids, mais son périmètre ne pouvait masquer deux hommes côte à côte, ni l'un derrière l'autre, la largeur de chacun des côtés couvrant à peine une carrure. La serrure claqua à nouveau; les gaffes bouclaient la porte derrière eux. Roland et Manu ne bougeaient toujours pas. Ils réfléchissaient séparément, avec des mouvements de tête désordonnés de droite, de gauche, en haut, en bas, repassant cent fois en revue des possibilités déjà repoussées un dixième de seconde auparavant.

Les gaffes n'avaient que huit marches d'un escalier assez raide à descendre pour déboucher dans la ligne droite de la galerie, au centre de laquelle Roland et Manu semblaient englués, comme des mouches sur un ruban de papier collant.

Monseigneur se retourna sur sa paillasse; il éprouvait un malaise. Chaque ronde distillait par l'œilleton une émotion nouvelle, brisante. Il se dressa sur son coude. Cassid lui tournait le dos; il dormait sur le côté, « les rêves face au mur », comme il disait. « Comment peut-il dormir? » pensa Monseigneur. Il rencontra le regard de Willman. Lui, du moins, ne dormait pas. Willman se sentit moins seul de voir vivre Monseigneur. Il était opressé de ne pouvoir confier son inquiétude.

— Tu crois que ça marche, pour eux? questionna-t-il très bas.

Monseigneur fit oui, de la tête. Il contemplait Willman sans presque le voir; il le comprenait si bien qu'il aurait pu fermer les yeux. L'écouter seulement. Il avait dit oui pour le rassurer, mais il ne le pensait pas. Roland et Manu étaient partis depuis trop longtemps.

Il tira sur la couverture pour protéger son épaule découverte; il avait froid. Ses yeux errèrent sur les murailles lépreuses, dégoulinantes d'humidité, et l'ensemble de cette misère lui parut définitif.

— Il y aura encore beaucoup de nuits comme celle-ci..., prononça Willman.

Un élan transporta Monseigneur vers ce garçon qui souffrait peut-être plus qu'eux tous, et en cette minute il lui donna son amitié.

— Aucune nuit ne se ressemblera, assura-t-il. Chacune

104

nous rapprochera de la liberté, chacune sera particulière. Et bientôt tu connaîtras d'autres nuits, des nuits heureuses. Tu verras. Bientôt...

Il savait que pour Willman, les nuits d'attente, les doigts crispés sur la ficelle du mannequin, se ressembleraient toutes. Il ne descendrait pas travailler au sous-sol. Il ne connaîtrait pas le dérivatif de l'action. Il serait seul, à ne pas être relayé en haut, car le problème d'usure n'était pas en bas, mais en haut. Willman écoutait comme un gosse cet homme plus fort que lui, mieux conscient du possible et de l'impossible, et il lui adressa une confiance absolue. Son cœur s'enflait de bons sentiments.

— Et puis tu sais, dit-il, je ferai tout ce que je pourrai. Parfois j'ai peur, mais il ne faut pas m'en vouloir. Ça me passera, tu verras. Ça me passera. Il hésita un peu pour ajouter : Roland m'aime bien, lui...

Monseigneur chercha une meilleure position. Son bras s'engourdissait. Il s'allongea davantage, une main entre ses cuisses dans une recherche de chaleur.

— Mais moi aussi je t'aime bien, assura-t-il. Nous t'aimons tous bien, tu sais! Manu, Geo...

— Oh! Geo...

Et le nom chuchoté s'insinua comme un doute.

Monseigneur était complètement enfoui sous les couvertures. Il les remonta au ras de sa bouche, et parla avec des hésitations, comme pour lui-même, les *yeux au plafond*.

— Il faut le comprendre, vois-tu. C'est vraiment un type à part. Il est... comment dirai-je... un peu absent. Une sorte de témoin. Personne n'est moins ou plus, pour lui. Il y a les autres, tous les autres, et j'ai l'impression que parfois, eh bien... il oublie de se compter.

Willman réfléchissait à ce nouvel aspect de Geo. Il se tourna pour le regarder. Il dormait. Il se fit la même réflexion que Monseigneur : « Comment pouvait-il dormir, dans des circonstances semblables? »

— Tu as peut-être raison, dit-il. Il est étrange. Et puis cette façon qu'il a de nous dire bonsoir. Elle me gêne. Je ne peux t'expliquer exactement pourquoi, j'éprouve un malaise. J'attends qu'il le dise. Je suis mal jusqu'à ce qu'il dise. Ça me fout le cafard, c'est incroyable...

Monseigneur ne savait trop que penser. Il se disait que, peut-être, il n'y avait là que des mots, mais que, peut-être aussi, c'était très grave. Il en parlerait à Manu. Manu comprendrait ça.

— Tiens, ce soir par exemple, continuait Willman, j'ai cru qu'il ne le dirait pas, qu'il ne le dirait plus. Les autres étaient descendus. Je me disais : « C'est pour tout le monde ou pour personne », et malgré tout j'étais crispé. Il me manquait quelque chose. C'est fou, mais j'attendais qu'il me délivre. Pour un peu, j'aurais gueulé : « Mais dis-le! dis-le donc! » et il l'a dit : « Demain il fera jour. » Et tu as entendu ce ton? C'était morbide. Tu ne trouves pas? Morbide...

Monseigneur toussota.

— N'y pense plus, murmura-t-il.

Ce n'était pas très convaincant ce qu'il venait de dire là, mais il ne trouvait rien d'autre à dire.

— Ferme les yeux, la ronde va passer..., ajouta-t-il.

Pour les gosses, il y avait le marchand de sable. Pour eux, qui étaient des hommes, il n'y avait plus de marchand de sable, bien entendu. Mais, la possibilité d'en parler à d'autres gosses, ils l'avaient perdue également. Ils dormaient en trichant. Tout était de la triche. Qui se lèverait pour frapper du poing sur la table et clamer : « Tricheur! » Qui et quand?

Le surveillant donna un coup de pied contre la porte. Monseigneur et Willman sursautèrent, et dans un réflexe d'automate, tirèrent légèrement sur les ficelles. Les mannequins remuèrent. Ils savaient que du moment que le gaffe cognait, il voudrait voir tout le monde bouger.

« Pan! Pan! » Le gaffe frappait toujours. Il colla sa bouche contre l'œilleton. « Celui du coin, là-bas », dit-il.

Willman secoua l'épaule de Geo. On vit un grand bras brasser l'air et retomber, comme celui d'un noyé que l'on cherche à ranimer.

— Ça va, dit la voix.

Ils perçurent un léger glissement. Le surveillant s'éloignait.

— Ils ne nous lâcheront pas, siffla Monseigneur. Des vrais piliers.

Le pilier en béton était insuffisant pour sauver Manu et Roland, mais il n'y avait que ce pilier, et ils l'eussent utilisé, même plus infime. Le drame progressa seul; un drame n'a pas besoin d'aide pour toucher le sommet. Une fois lancé, il s'intègre dans le cycle des forces de la nature. Pas d'arrêt avant l'accomplissement. Ce train ne s'arrête pas, il se suicide à ce qu'il juge être le terminus, mais il ne s'arrête pas.

Roland se plaqua le dos au pilier. Manu essaya une seconde de s'enchevêtrer à lui, mais l'épaisseur des deux corps détruisait le moindre espoir de tourner autour du pilier sans être vus. Les marches des escaliers s'incrustaient dans leur cerveau; les surveillants allaient poser les pieds dans le couloir. Manu fourra la chandelle dans sa poche. Roland plia un genou, et Manu grimpa le long de son corps. Debout sur les épaules de Roland, il se trouvait face au pilier alors qu'au contraire, Roland tournait le dos au pilier. Il y eut ce réflexe d'entente d'une équipe en action; Roland ne pouvait rien voir, mais il savait qu'en revanche Manu verrait venir les surveillants. C'est donc des pieds de Manu qu'il attendait le signal pour contourner le pilier.

Un des ennemis arrivait sur la droite de Roland. Le deuxième marchait au centre de la galerie, de sorte qu'on ne pouvait prévoir s'il passerait à droite ou à gauche du pilier. Un surveillant à droite et l'autre à gauche au passage du pilier, et la partie était perdue. Roland serrait toujours la

107

barre à mine dans sa main. Il y pensait, bien que certain de ne pas l'utiliser pour se battre. Cela ne conduirait à rien d'assommer deux surveillants dans un sous-sol, alors que la surface comptait un service de nuit de trente hommes. Et il lui répugnait de s'attaquer à des vies humaines pour retrouver sa liberté. C'était un voleur, non un boucher. Il luttait au plus malin, contre tous. Le combat se résumait là. Les gaffes ne parlaient pas mais ne se rapprochaient pas l'un de l'autre. Visiblement ils n'étaient pas descendus à cause du bruit fait par Manu. Ils avaient l'air de rejoindre un but précis. Celui qui marchait au centre, vit la tuile sur le sol, et, à la grande surprise de Manu, se déplaça vers elle, se baissant pour la récupérer. « Se baisser, pensa Manu, incroyable... » Il posa la tuile sur le tas, et rejoignit son collègue qui s'était arrêté.

— Ces types du bâtiment, ils se foutent de tout, dit-il.

Il avait un accent du terroir qui faisait songer à un bas de laine. La voix parut dangereusement proche à Roland. Il se demanda ce que fabriquait Manu et s'il pensait même à lui indiquer le moment de se déplacer. Au son, il avait repéré la position des gaffes : ils doubleraient le pilier à droite. Il lui faudrait donc contourner vers la gauche.

Il leva la jambe gauche, et l'écarta lentement de la jambe droite, en la faisant passer de l'autre côté de l'angle, contre une autre face du pilier. Manu se sentit déporté insensiblement sur la droite. Les gaffes repartaient. Il appuya fortement son mollet contre l'oreille droite de Roland, qui, terminant son mouvement, réunissait ses deux jambes. Les gaffes passaient juste à l'opposé. Manu pressa encore contre la tête de Roland, et ils changèrent à nouveau de face. Les gaffes continuaient leur chemin, juste dans le dos de Roland. Manu passa la tête sur le côté et les regarda s'éloigner, comme il les avait vus venir.

Ils avaient effectué un demi-tour autour du pilier, comme autour d'un gros dé. Les jambes de Manu tremblaient. Il posa ses mains sur la tête de Roland et glissa le long de son corps plus qu'il ne descendit. Le visage de Roland était couvert de sueur. Ils se tinrent par la main et s'enfuirent vers l'escalier utilisé par les gaffes. D'ailleurs, ils étaient venus de cette direction. Ils retrouvèrent avec joie la nuit des autres galeries. Roland empêcha Manu d'allumer — « j'y vois », dit-il. Il tirait Manu qui suivait comme un aveugle. Ils ne parlèrent pas et ne s'arrêtèrent que dans la cave de la première cellule. Ils n'avaient plus qu'à suivre de cave en cave jusqu'à leur cellule. Ils s'assirent, exténués. Manu se demandait par quel miracle d'orientation ils étaient là, en sécurité.

Roland rit doucement dans le noir. Un rire simple, enfantin, un peu malicieux.

— On les a eus, dit-il.

Il semblait ravi.

— Il doit être très tard, dit Manu.

Mais ils ne se levèrent pas. Ils ne pensèrent pas à l'inquiétude proprement dite de ceux d'en haut.

— Nous n'expliquerons rien à Willman, dit simplement Manu. C'est un inquiet. Il faut lui mentir comme à un malade. Nous attendrons qu'il aille à l'avocat ou au Palais, pour parler à Monseigneur et à Geo.

Roland n'avait pas d'opinion précise là-dessus, mais il s'en rapporta à Manu.

— D'accord, dit-il. Allume, on rentre.

Ils gravirent et dévalèrent les petites pentes comme dans un rêve, et bientôt Roland s'empara de la ficelle-signal. Il tira deux petits coups secs. Monseigneur senti la ficelle fine mordre sur sa peau. Son cœur sauta dans sa poitrine.

— Les voilà, dit-il à Willman. Tu entends... les voilà!

Il remonta la ficelle. En la voyant disparaître, ils comprirent que Monseigneur les attendait. Roland s'engagea dans le trou les mains en l'air. Il s'aida bientôt du rebord du plancher et se retrouva assis, dans la position de départ, protégé par la pile de cartons. Monseigneur était à sa gauche. Il parla à Roland sans le regarder, à cause de l'œilleton.

— Attendons qu'ils passent, souffla-t-il.

En bas, Manu éteignit la chandelle. Il savait que Roland l'appellerait. Il s'assit. Il ne pensait qu'à se laver et à dormir. Il était moulu, et maintenant que les émotions fortes s'estompaient, il souffrait de son oreille. Il ne pouvait plus toucher le haut de sa mâchoire derrière le lobe; une douleur aiguë filait comme l'éclair jusqu'au cerveau. « Il ne faut pas que j'y pense, se dit-il; moins j'y penserai, moins je souffrirai. »

A un signe de Monseigneur, Roland quitta le trou, appela

Manu, transporta le faux Roland à côté du trou derrière les cartons, se jeta tout habillé sur sa paillasse sous les couvertures. Manu s'y prit en deux fois pour remonter. Monseigneur le vit un peu chancelant et démonta le mannequin à sa place. Manu s'abattit dans son coin. Monseigneur amassa des couvertures sur son corps et se recoucha sans parler. Willman, les yeux agrandis, regardait les corps inertes de ceux qui revenaient d'en bas. De quoi était-ce fait, en bas? Qu'y avait-il pour lessiver les forces de jeunes hommes en quelques heures? Il eut une sorte d'éblouissement et les murs tanguèrent.

Il avait l'impression d'être suspendu entre ciel et terre. Il passa une main sur ses yeux. Lui aussi était très fatigué, il ne pouvait pas dormir. Il guettait l'aube comme une délivrance. Elle lui apporterait il ne savait trop quoi au juste. De la lumière d'abord, la vraie lumière, celle du jour, et au réveil de Roland, quelques détails; surtout ce qu'il entrevoyait comme possibilités. Les espérances de Roland, oui, c'était cela qu'il lui fallait. Avec l'aube, il attendait l'espoir. Et elle fut particulièrement longue à blanchir, à posséder les mille recoins de la grande prison, à glisser le long des barreaux de cette fenêtre de la 11-6, où Willman avait tant besoin d'elle.

Il se dressa au bruit du chariot, pour prendre le café. Il n'osa réveiller personne. Geo se leva comme un somnambule pour uriner. A force de se retenir pour se déranger le moins possible, il constatait un rétrécissement du canal. Il appuya sur le bouton du robinet. L'eau coula, aidant ses fonctions à se concrétiser. Une fois soulagé, il retourna dans son coin. Il s'aperçut que Willman s'était levé et le salua de la main. Il s'aperçut aussi que la pile de cartons n'était pas en place.

— Aide-moi, dit-il à Willman.

Ils descendirent les tronçons de mannequins dans le trou et s'arc-boutèrent contre la pile, afin qu'elle remplisse ses devoirs de cache-tunnel. Ensuite, ils ne surent que faire. La chape de plomb qui semblait écraser leurs amis sur les paillasses s'étendait jusqu'à eux. Elle les rendait malhabiles dans l'accomplissement des gestes quotidiens. Ils en arrivèrent à demeurer prostrés, en attendant le déferlement des gaffes dans les couloirs, à l'occasion de la promenade.

L'approche de cette vague, dont le bruit s'amplifiait à l'image des djinns chantés par le poète, s'inséra entre le sommeil et le cerveau de Roland, de Manu et de Monseigneur. Lorsque la porte de la 11-6 s'ouvrit à son tour, ils étaient debout, hébétés, mais debout. Dressés par le ressort d'un réflexe plus ancien que la civilisation.

Ils restèrent ensemble le long des couloirs. Ils n'éprouvaient pas le besoin de parler aux voisins; ils n'avaient plus de livres à échanger, plus de commissions à faire. Ils formaient un petit bloc muet, étrangers aux murs. L'air glacial désembruma leur cerveau. Ils marchaient à petits pas, dans leur courette, prisonniers bien tranquilles sous l'œil débonnaire des gardiens, juchés sur la passerelle. Bons petits prisonniers assagis par la pression des murailles, ramenés à la docilité par les gaffes, eux les gardiens de prisons, les gardiens de toutes les prisons, eux qui veillent à ce que certains hommes ne franchissent plus les enceintes, eux qui sont payés par des hommes pour en garder d'autres, et auxquels on demande surtout de ne pas approfondir le pourquoi. Pourquoi tout? Pourquoi rien? Pourquoi Roland, Manu, Geo, Monseigneur, tournent-ils résignés dans la petite cour, aux pieds de la passerelle?

Les formes sombres, au col de capote relevé, pensent qu'à midi un repas les attend. Un repas à ingurgiter qui les essaimera dans la grande ville, et pour gagner ce droit, il est nécessaire que tous les Roland, tous les Manu soient bien gentils. Et puisque c'est nécessaire, on s'y attend. On trouve toujours normal ce qui est nécessaire. C'est pour cela que les gens de la 11-6 dégageaient une quiétude dont ils ne se doutaient pas. Au contraire, ils baissaient les yeux. Lorsque derrière leur front les projets d'évasion se groupaient, se pressant en foule comme une multitude romaine en attente d'une bénédiction pontificale, ils détournaient la tête ou fermaient les yeux, afin de ne pas trahir leur secret. C'est lourd, un secret. Ça penche vers le bas. Ils ne voulaient pas le voir tomber par leurs orbites, le voir s'échapper d'eux.

— Ce n'est pas vrai de croire que cette prison comporte quinze cents cellules, dit Geo en rentrant. Il n'y a qu'une cellule par prison : celle qu'on habite.

Roland s'étira.

— La nôtre est pratique, dit-il. Elle a des dépendances.

Son esprit s'orientait d'instinct vers le sous-sol. Il savait déjà que le sous-sol l'envahirait de plus en plus, le tyranniserait, le prendrait la nuit par le corps et l'esprit, et le jour forgerait ses rêves.

Manu et Roland décidèrent de manger un peu, histoire de tromper leur faim jusqu'à la soupe. Ils engloutirent n'importe quoi, n'importe comment et racontèrent par bribes l'exploration de la précédente nuit. Manu parlait davantage, et Roland lui abandonna le soin d'élargir les espérances.

— Vous comprenez, disait Manu, en s'adressant plus particulièrement à Willman, une fois dans le sous-sol du quartier bas, c'est gagné à quatre-vingt-dix pour cent. Et pour y aller, ce sera simple. Il se peut que nous y parvenions cette nuit.

Ils l'écoutaient dans des postures attentives.

— Il y a beaucoup de rats, en dessous? demanda Willman.

— Pas un seul, répondit Manu.

C'était vrai. Les rats vivaient dans les cours de promenade; ils se nourrissaient des denrées avariées que les prisonniers jetaient par les fenêtres des cellules. Dans le sou-sol il n'y avait rien à manger. Roland et Manu n'avaient pas osé se l'avouer, mais l'absence des rats les déçut. Ils songeaient à certains héros de romans riches en péripéties, que des rats avaient guidés vers la liberté, au sein de geôles féodales... Roland achevait de fournir des explications.

— J'ai remarqué une porte, du côté opposé où nous nous trouvions, précisa-t-il. Ça doit passer, par là...

Une nappe de confiance s'étendait. Roland n'était pas obligé de parler beaucoup. L'ampleur d'un danger établit l'échelle des valeurs. Les incapables ne font illusion qu'en période paisible. Manu se demandait si cette fameuse porte existait vraiment. Ils avaient décidé de bluffer pour tranquilliser Willman, mais Roland paraissait si sûr de lui, que Manu ne savait guère à quoi s'en tenir. Il retourna la question dans sa tête toute la journée, sans résultat, ne pouvant se permettre d'interroger Roland devant les autres.

Il attendait avec impatience l'heure de descendre dans les sous-sol pour en discuter librement, mais quand ils y furent, il n'osa rien lui demander. Il le verrait bien. Il le vit, en effet, lorsque après mille détours, ils s'arrêtèrent en face d'une porte offrant l'apparence d'une porte ordinaire de cellule.

— C'était donc vrai, ne put-il s'empêcher de dire.

Roland ne répondit pas. Il examinait le retour d'une forte patte en fer, coudée, décelant la présence d'un cadenas situé de l'autre côté de la porte. La patte était vissée à bloc au vilebrequin sur le chambranle. Ils se trouvaient à l'extrémité du couloir éclairé, avec son mémorable pilier au centre. La nuit dernière, les surveillants, en continuant leur chemin après les avoir croisés, étaient passés devant cette porte.

Ils étaient à l'angle du bâtiment. Roland ouvrit la serrure. De l'autre côté, le cadenas retenait la porte. Il la secoua à petits coups en prêtant l'oreille.

— Il y a aussi deux verrous, confirma-t-il. Un là, et un là... — Il toucha la porte à deux endroits. Il réfléchissait. — Pour fermer cette porte, ils viennent des deux côtés. De celui où nous sommes à cause de la serrure. De l'autre côté à cause des verrous et du cadenas. Il y a donc obligatoirement une issue après cette porte. Soit directement dans le quartier bas, soit une montée d'escalier qui relie la surface... Il faut absolument ouvrir cette porte...

Mais ils ne pouvaient pas se servir de la surface pour gagner l'autre côté, et Manu n'entrevoyait pas la possibilité de tirer des verrous et d'ouvrir un cadenas hors de portée. Il ne restait qu'à la fracturer.

— Nous serons obligés de la casser, dit-il.

Roland secoua la tête.

— Il ne faut pas, dit-il. Il faut passer et repasser par là chaque soir, et que dans la journée, ils ne s'en aperçoivent pas. Cela peut durer deux semaines.

Manu s'assit par terre. Il était incapable d'utiliser la barre à mine comme levier pour briser lentement la résistance du cadenas et des verrous. Il ne se sentait capable que de tout arracher dans un grand fracas. Il comprenait que la situation actuelle le dominait.

— Viens, dit brusquement Roland; on rentre.

C'était le ton d'un homme qui agissait suivant un plan. Manu obéit, très heureux d'avoir un ordre à exécuter. Ils tirèrent sur la cheville de Monseigneur qui n'eut pas le temps de juger de la soudaineté de ce retour, car déjà Manu émergeait du trou.

— Passe-moi toutes les cuillères de la baraque, demanda-t-il, et le rétroviseur.

Willman vit Monseigneur rassembler les cuillères, se

baisser contre la plinthe cachant le rétroviseur, envelopper le tout dans un papier, et les tendre à quelqu'un qu'il ne voyait pas, derrière la pile de cartons, et qui ne pouvait être que Manu ou Roland.

— Qu'est-ce qui se passe? demanda Monseigneur.

— Ça marche bien, c'est Roland qui veut ça, répondit Manu.

Et il se laissa glisser dans la cave.

— Que se passe-t-il? demanda Willman.

— Tout va bien, dit Monseigneur. C'est Roland qui envoie Manu.

— Ah! bon, ah! bon! fit Willman.

Ils travaillaient. Roland avait une idée, une idée prépondérante certainement.

— Qu'y a-t-il? demanda Géo, en se retournant.

— C'est Roland, expliqua Willman. Il a besoin des cuillères et du rétro. Il a dû trouver un passage.

Willman savait que Geo ne dormait pas. Geo n'avait pas dit bonsoir. Willman s'en moquait. Du moins ce soir-là. Il regarda la place vide laissée par sa cuillère, contre le mur, entre deux clous à côté de sa gamelle. Sa cuillère, dans la main de Roland, travaillait pour lui. Les rondes se succédaient; il s'appliqua plus qu'à l'habitude, à berner les gaffes, à mieux encore protéger Roland, l'action de Roland. Et quand, assez tard, il entendit la petite phrase compacte : « Demain, il fera jour... », il fut déçu de ne pas la sentir en accord avec son âme. Un malaise le contraria. Cela ne cadrait pas, cela ne cadrerait donc jamais; il eut peur de s'en souvenir très longtemps, comme d'un passant que l'on croise une seule fois dans sa vie et dont l'expression s'incruste dans un coin de la mémoire, pour toujours. Et qui gêne, pour toujours, comme une écharde indestructible.

Manu faisait le manœuvre, obéissant à un regard, un signe de tête. Roland avait scié le haut d'un manche de cuillère dans le sens de la longueur, pour obtenir une lame de couteau fine. Il l'aiguisa énergiquement contre une pierre. Une fois ce travail terminé, il s'éloigna et revint avec un vieux râteau. Il l'avait repéré à l'un de leurs passages. « Quand il se déplace, rien ne lui échappe », pensa Manu. Il tint le râteau jusqu'à ce que Roland en démontât une dent. Roland n'hésitait pas entre les gestes; avant d'achever une entreprise, il savait par quoi débuterait la suivante. Il utilisa le trou de la serrure pour plier à angle droit la dent du râteau; de l'extrémité amincie jadis par le frottement du sol, il n'eut pas de mal à confectionner un tournevis. Ce tournevis coudé combattit victorieusement le blocage de la vis, et la patte du cadenas pendit bientôt le long du chambranle.

— Et d'un, dit Roland.

Avec la cuillère-couteau, il attaqua le bois de la porte assez haut, les bras levés. Ils se relayèrent pour découper un petit carré. La fissure formée par le panneau de la porte rapporté entre les montants, indiquait déjà deux côtés du carré. Le cube tomba de l'autre côté. Roland fit la courte échelle à Manu qui appliqua son œil au trou.

— C'est éclairé aussi par là, dit-il en redescendant.

Roland souriait.

— Le coin est sérieux, dit-il. En prison, dès qu'ils tiennent à un endroit, ils l'éclairent. Regarde la haute surveillance, les condamnés à mort, etc., allez, pas d'histoire, tout le monde sous le feu de la rampe.

Il sortit du fil, des morceaux de ficelle et une épingle à nourrice de ses poches. Il attacha l'épingle après le fil et la passa par le trou ménagé en haut de la porte. L'épingle glissa le long de la porte de l'autre côté. Il attacha une ficelle au bout du fil. Maintenant, l'épingle touchait le sol. Manu, à plat ventre, l'attira vers eux à l'aide d'un vieux tisonnier récupéré sur un tas de matériaux. Donc, une ficelle entourait la porte de haut en bas. Ils transportèrent une tinette le long de la porte. Roland monta. A l'aide du rétro, il délimita les deux verrous. Le tisonnier lui servit à passer la ficelle derrière la poignée des verrous.

— Tends la ficelle, dit-il.

Manu tira sur les deux brins. Le tisonnier ramena la ficelle vers Roland et les verrous glissèrent. La porte s'ouvrit sur un espace d'environ vingt mètres carrés. Il y avait un petit couloir, parallèle à celui qu'ils venaient de quitter, et deux portes : l'une comportait une serrure Yale. Par un fenestron solidement barreauté, Roland regarda dans la pièce : c'était la serrurerie. L'autre porte ne présentait pas de particularité; il l'ouvrit avec le passe-partout. Ils entrèrent dans une petite pièce bourrée de matériel électrique. Une fenêtre en forme de meurtrière munie de deux barreaux seulement dans le sens de la longueur. Roland enjamba des caisses et se cramponna aux barreaux pour se hisser à hauteur. La vue plongeait sur le chemin de ronde. Il vit l'éclairage mural mais ne distingua pas le pinceau des projecteurs situés aux angles de l'enceinte.

Ils étaient au milieu de la prison, donc à l'extrême limite du quartier haut, dans une des rotondes flanquées sur les angles de ce bâtiment. Ils sortirent, refermèrent la porte, et s'engagèrent dans le petit couloir. Il aboutissait à un escalier qui montait en surface. Ils rebroussèrent chemin, et entreprirent de refermer les verrous, revisser la patte du cadenas, donner un tour de clef à la serrure. Pour terminer, ils enchâssèrent précautionneusement le cube de bois dans son trou. Roland salit l'emplacement. Il ne pouvait en faire autant de l'autre côté de la porte. Il le regrettait. Mais cela concernait l'impossible.

— Allume, dit-il.

Ils abandonnèrent l'éclairage administratif pour gagner une obscurité que la flamme jaune de leur chandelle respectait presque totalement. Dans la cave de la première cellule, ils s'assirent pour parler. C'était déjà une habitude. Ils se sentaient bien cachés, abrités par un toit qu'ils pouvaient toucher de la main.

— Il n'y a pas de communication entre le haut et le bas, par le sous-sol, dit Roland.

Manu était un peu triste.

— C'est déjà bien beau d'être venu à bout de cette porte, dit-il en guise de consolation.

— Il n'y aurait qu'un chemin, continuait Roland, et il passe un peu à l'extérieur. Tu sais, par la fenêtre de cette espèce de lampisterie. On pourrait descendre dans une des cours du quartier bas et de là retomber dans le sous-sol.

— On pourrait toujours aller voir, dit Manu.

Roland se levait.

— Oui, bien sûr. On pourrait toujours... dit-il.

Ils réintégrèrent la cellule, remirent tout en place et se couchèrent.

— Ça va bien, dit simplement Roland à Monseigneur. Laissez-nous dormir le plus tard possible. Il faut récupérer les efforts de l'autre soir.

Manu voulait se rendre à la visite pour son oreille. Ne livrer aucun détail, mais obtenir un médicament. La visite avait lieu le matin. Il n'eut pas le courage de prier Monseigneur de le réveiller. On verrait plus tard. Ils s'endormirent avec un goût de sous-la-terre dans la bouche.

Il fallait assurer la production, à seule fin de conserver la pile de cartonnages. Ils s'en occupèrent pendant le sommeil de Roland et de Manu. Ils ne parlaient pas. Ce n'était pas uniquement pour protéger le repos de leurs amis. Ils n'avaient rien à se dire en dehors de l'évasion et ils comprenaient l'inutilité d'en parler dans le vide, alors que des nouvelles fraîches stagnaient momentanément si près d'eux. Dans l'après-midi, Roland et Manu s'éveillèrent. Roland s'était déjà retourné deux fois; le sommeil l'abandonnait nuage par nuage. Manu ouvrit les yeux brusquement, passant d'un état à l'autre sans transition. Il appréhendait l'eau froide à cause de son oreille; il y porta la main.

— Bonjour à tous, dit-il.

Et ils lui répondirent. Willman lui tendit un morceau de coton.

— Tiens, lui dit-il, mets-le dans ton oreille.

Manu boucha son tympan en poussant le coton avec son index. Il se sentit mieux; auparavant, le contact de l'air froid sur la membrane sonore avivait sa douleur.

— C'est très bon, disait Willman. Il n'y a qu'à regarder ceux qui souffrent des dents ou de la tête, surtout l'hiver; ils s'enveloppent la tête.

Willman parlait pour meubler le silence et créer pour lui-même un entrain factice — ils étaient tous debout. Il cherchait inconsciemment à lier, à amener ce qu'ils attendaient tous : les explications de Roland.

Il raconta, non ce qu'il avait fait, mais ce qui restait à faire. Manu était malheureux de ne pouvoir détailler l'ingéniosité dont Roland avait fait preuve.

— On ne peut rien préciser, dit Roland. Il faut chercher. Nous avons le temps. Nous partirons tranquillement. Il n'y a qu'une chose qui compte; c'est l'effort de tous dans des sphères différentes. Le plus dur est passé. Le sous-sol devient familier. Pour le matériel, c'est réglé. Il sera inutile de se mouiller davantage. Nous ouvrirons la serrurerie. Il ne reste que la question de l'heure à régler. Que chacun y réfléchisse.

Manu s'évertuait à débarrasser ses ongles des traces de terre. Il était mal à l'aise de sentir une épaisseur entre sa peau et ses ongles. Ses mains lui semblaient lourdes. Il se croyait seul. Geo le regardait.

— Pauvres terrassiers, dit-il. Et tous les hommes bouffés par la matière, dont la matière envahit la peau.

— Tu sais, on s'habitue à tout, dit Manu.

— J'ai cru cela. Je ne le crois plus, dit Geo. On supporte tout, et encore... Mais on ne s'habitue pas à tout... Tant qu'il y a souffrance, il n'y a pas habitude. Là où il y a contrainte, on ne peut parler d'habitudes.

Monseigneur et Willman rangeaient les cartons prêts à être emportés par le confectionnaire.

— J'ai déjà lu quelque chose à ce sujet, dit Manu. Ce soir, il faut préparer du matériel. Mais nous en reparlerons, si tu veux. Ça m'intéresse.

Geo sombrait dans le mutisme. « Peut-être s'en moque-t-il que nous en reparlions ou pas », pensa Manu. Et où cela les conduirait-il d'en discuter jusqu'à en avoir la tête à la fois pesante et légère, qui en fait dire qu'elle est vide?

— Pour cette nuit, il faut une corde de quatre à cinq mètres, laissa tomber Roland.

Et cette réalité les groupa à nouveau. Si différents fussent-ils, leurs pensées étaient communes, tenues en laisse, attachées à la même longe comme les chevaux que l'on dresse de concert. Roland choisit deux couvertures et ils étendirent les paillasses pour la nuit, ce qui faciliterait le tressage.

— Il faut commencer, dit Roland, qu'elle soit prête à la première ronde de nuit.

Les surveillants de jour terminaient leur service dans une demi-heure, et les préposés aux fouilles étaient aux douches. Ils s'y purifiaient. Donc rien à craindre de ce côté-là. Monseigneur découpa une des deux couvertures dans le sens de la longueur en bandes de trois doigts de large. Roland prit trois de ces bandes et commença un tressage. L'entortillement raccourcissait de moitié la longueur initiale des bandes. Roland élimina une partie de l'étoffe, d'une solidité douteuse. Une troisième couverture fut sacrifiée. Ils essayèrent la corde sans oser la dérouler entièrement. Ils opérèrent par petites tractions, sur deux mètres.

— Ça devrait aller, dit Roland.

Les raccords faisaient des boursouflures. Ils posèrent la corde sur la dernière paillasse d'angle et jetèrent quelques couvertures dessus.

— C'est assez encombrant, dit Willman, et encore elle est courte.

Le bruit de la serrure couvrit la fin de la phrase. Ils entrèrent à quatre. Ils ne portaient pas la blouse bleue des fouilleurs.

— Que de monde blagua Monseigneur, qu'est-ce qui nous vaut l'honneur?...

Willman cherchait en vain sa salive pour humecter ses lèvres privées de vie. Geo semblait amorphe. Manu et Roland n'osaient se regarder.

— On passait par là, dit un des surveillants.

Une nonchalance affectée lui donnait un faux air de policier. Manu le connaissait. Il savait que le surveillant-chef lui confiait souvent les missions spéciales. La présence de ces gens, ce soir, dans la cellule, était synonyme de défaite. Les gaffes se contentaient d'inspecter des yeux. Et progressivement, un par un, ils se mettaient à palper les objets, les prisonniers, à retourner les paillasses, à déplacer la pile de cartons, peut-être, puisqu'ils étaient quatre. Ils étaient sans doute venus exprès. Manu écarta l'éventualité d'une dénonciation. Personne ne savait, dans la prison. Quant à Geo, Willman, Roland et Monseigneur, il n'y avait pas à les soupçonner une seconde. Ne restait alors que l'imprudence. Un objet oublié dans le sous-sol. Un gaffe désigna une paillasse de son pied.

— On se couche de bonne heure, dit-il.

Geo se déplaça et vint s'affaler dans l'angle sur les couvertures qui dissimulaient la corde.

— On s'emmerde, bâilla-t-il.

« Il n'y avait que lui pour faire ça avec autant de naturel », pensa Monseigneur. La cellule revivait. Chacun fit quelque chose, sortant d'une stupeur qui frisait la catastrophe. Manu pensa qu'il serait préférable de manifester un légitime étonnement.

— La confiance ne règne pas, dit-il.

Celui qui jouait à Sherlock Holmes lui jeta un petit coup d'œil.

— Comme on connaît ses saints..., répondit-il.

— Remarquez, je vous dis ça, continuait Manu, parce que je vous connais. Je sais que vous ne vous déplacez pas pour rien. Mais cette fois, vraiment, je ne vois pas. Non... je ne vois pas.

Le gaffe était fier de parader un peu devant ses collègues. Sa casquette inclinée à la dur, sur le côté, laissait échapper une touffe de cheveux frisés. Il trouvait sans doute cela insuffisant, et un coup de pouce contre la visière bascula la casquette sur la nuque. La visière pointait vers le plafond. Un peu renversé en arrière, il s'appuyait contre les cartons, une jambe repliée, la semelle de la chaussure contre la pile.

— On n'est pas venu exprès, dit-il. On vient d'en face. Chez Fredy.

Ça faisait bien de prononcer ce nom, « Fredy ». Ça installait l'ambiance. Ce n'était pas la peine de « la lui faire ». Ils les connaissaient tous.

— C'était pour une lame. Dans un sous-main, précisa-t-il. — Il regarda autour de lui. — Je vois que vous n'avez pas de sous-main, continua-t-il. Sa voix traînait.

— C'est la misère, dit Monseigneur.

— Je connais ça, dit le gaffe. Vous n'avez rien, vous êtes des pauvres petits sans rien. Je me méfie toujours de ceux qui n'ont rien.

Manu trouva prudent de le rebrancher sur Fredy.

— Alors, cette lame, dit-il, elle y était?

— Elle n'y est plus, répondit-il. Fredy se marrait. A sa place, j'aurais fait pareil. C'était du vieux comme balançage. Du rassis. Ils vous expliqueront ça demain...

Il éprouva le besoin de se protéger un peu. L'administration ne comprenait pas la vie. Mais il ne disait rien de mal. Il devançait simplement. D'ailleurs, il fallait bien gagner la confiance des taulards.

— Il a dû s'inquiéter quand il vous a vu, dit Roland.

— On s'inquiète toujours, quand on me voit, ricana-t-il.

Un des gaffes ordonna à Geo de se lever. Ensuite, il tira une couverture des paillasses du centre. Puis une seconde. Les habitants de la 11-6 sentirent leur sang se figer. Ils pensaient qu'à la deuxième couverture la corde apparaîtrait. Elle était donc sous la troisième.

— Il fait le ménage, votre ami, sourit Manu.

Le détective-surveillant avait entraîné ses collègues à la 11-6, de sa propre initiative. Après la fouille négative de chez Fredy, ils devaient retourner au rond-point. La 11-6 lui semblait normale et il lui déplaisait que ce paysan décide, seul, de secouer les couvertures. Cependant, ce dernier se baissait pour en ramasser une troisième. La bonne, cette fois. Celle qui terminerait l'aventure. Il était tard.

— Laisse tomber, dit le caïd. Il est tard. On était juste venus, comme ça...

Geo était resté dans le coin. Il s'assit sur la troisième couverture que le gaffe plein de zèle avait l'intention de tirer vers le centre. Il sentit le dur serpentin de la corde sous ses fesses. Il s'étira et s'allongea mollement. Le fouilleur, engagé dans sa réflexion, retourna la paillasse voisine, histoire de ne pas passer pour un imbécile. Il en voulait à son collègue de le contrarier devant des détenus, mais il se sentait impuissant. Il ne savait pas s'exprimer et le bagout de l'autre le subjuguait. Les deux autres surveillants étaient restés près de la porte. Ils avaient retourné les gamelles, tapoté du pied la cuvette du water.

— Allez..., à la prochaine, dit le sauveur.

Ceux de la 11-6 saluèrent avec une allégresse contenue.

Ils attendirent un peu dans un silence total, que les gaffes s'éloignent.

— On a eu chaud, dit Willman.

Monseigneur se frottait les mains, avec ce sens des joies spontanées qui lui conservait sa jeunesse.

— Heureusement qu'il y avait ce con qui paradait, dit Geo.

La fermeture s'annonçait par un bruit de portes. Ils se turent. Elle passa. Ils démasquèrent le trou et Roland mit la corde derrière la pile.

— L'évasion se déroule bien, dit-il. Si nous passons de justesse à travers tout, c'est qu'elle est destinée à s'achever, à réussir. Je l'ai remarqué dans chaque évasion. Quand tout débutait par une extrême . facilité, l'échec surgissait, inattendu et définitif. Au contraire, chaque fois que l'on manquait de se faire coincer au début, la fin ne posait plus de questions.

— Mais pourquoi? demanda Willman.

Il avait plaisir à entendre Roland.

— Je ne sais pas, dit Roland. Je ne peux l'expliquer clairement. C'était comme ça.

Geo pensait aux anciens qui avaient fait du hasard un dieu. Tout ce qui ne s'explique pas est Dieu. Et ceux qui ne croient en rien ne s'expliquent pas grand-chose. Ils se servent des mots chance, hasard. Geo ne croyait pas, mais il estimait que les croyants étaient plus forts. Avec Dieu, ils englobaient tout ce qui arrive à l'homme. Et à force d'exemples, cela devenait une explication valable. Supérieure aux maximes « je n'ai pas eu de chance » ou « le hasard est grand ». Le fouilleur aurait pu soulever la troisième couverture. Mais à la seconde précise, d'autres facteurs étaient intervenus. Un hâbleur lui avait dit « Laisse tomber, il est tard. » Et ce hâbleur, d'où venait-il? Il était né très loin de son collègue. Ils avaient traîné dans la vie, chacun de leur côté, et aujourd'hui dimanche 12 janvier, en fin d'après-midi, ils se trouvaient réunis à la 11-6. Un, dont le geste allait bouleverser le destin de cinq hommes. L'autre, avec sa petite phrase : « Laisse tomber, il est tard. » Et toute cette orchestration, se disait Geo, c'est du hasard, de la chance, ou Dieu. Qui oriente chaque destinée? Et eux cinq, Roland, Manu, etc. que faisaient-ils ensemble? Au cours des parachutages, les balles qui passèrent à un millimètre de son corps, de sa tête à lui, Georges Cassid, qui les dirigeait? Le hasard, la chance, ou Dieu qui connaît déjà de quoi sera faite la mort de Geo. Et tous les autres de la 11-6 étaient passés à un cheveu de la mort, avaient voyagé, pourtant ils étaient là, suspendus au geste du surveillant et à la troisième couverture. Et la petite phrase venue du ciel : « Laisse tomber, il est tard. » Qui commandait? On ne pouvait suivre ce raisonnement, ni considérer les millions de circonstances qui groupaient les gens à l'heure « X ». Geo porta instinctivement les mains à sa tête.

— C'est effrayant, dit-il.

Manu entendit, et s'inquiéta.

— Qu'est-ce qui est effrayant, Geo? demanda-t-il. Ça ne va pas? — Il lui posa une main sur l'épaule. — Tu n'es pas bien?

Geo ne se sentit pas le courage de retracer les méandres de son esprit. Il retira les mains de son visage.

— Oh! si, très bien au contraire. Mais je dois faire mon lit. Alors tu comprends...

Il se leva l'esprit isolé. Il ne s'occupa pas de son lit, traîna près du water, décrocha une gamelle, la remplit d'eau et la vida sans l'utiliser. Manu le suivait du regard. Geo cherchait un bouquin dans une pile instable. Un bouquin qu'il ne lirait pas; il avait la tête vide, incapable de fixer son attention.

Monseigneur répartissait les couvertures en tenant compte de celles transformées en cordage. Les surveillants avaient beau les considérer comme de vrais hommes, ce n'était pas suffisant pour en éprouver les sensations.

Roland et Manu descendirent. Ils étaient réconfortés de suivre, cette fois, un plan. Ils gagnèrent très vite la porte qui leur avait donné tant de mal la nuit dernière. Ils l'ouvrirent, remirent tout en place à seule fin qu'une ronde ne décèle pas leur passage et s'enfermèrent dans la lampisterie. Ils entendirent sonner vingt heures. Roland regarda la nuit figée par l'hiver; la lumière du mur de ronde filtrait dans la petite pièce, par le fenestron.

— Trop tôt pour scier ce barreau, dit Roland. Il y a des cellules tout autour de nous. Les types entendraient.. Et ensuite...

Roland mit un doigt sur sa langue, le lendemain toute la prison le saurait et le surlendemain au plus tard, l'administration le saurait aussi. Une série de fouilles terribles s'ensuivrait, jusqu'à déplacer la pile de cartons de la 11-6. Donc il fallait attendre.

— De toutes les manières, exposa Roland, ce bout de scie est insuffisant. Nous allons ouvrir la serrurerie.

Manu pensa à Roger qui s'était dépouillé pour lui. Il lui rendrait sa lame et une autre en plus, une belle lame entière que Roger regarderait comme un objet irréel à l'instar des gosses muets d'émerveillement en face d'un cadeau plein de petites lampes, de bruits, de couleurs vives. La porte de la serrurerie touchait presque celle de la lampisterie. Roland ne jeta même pas un coup d'œil à la serrure Yale. Il examina les gonds. Il inséra la barre à mine sous la porte, dans un jour assez important entre le sol et la porte. Il tira sur la barre, la porte joua de bas en haut, sur les gonds.

— Tiens la barre, comme ça, dit-il à Manu, et il regarda à nouveau les gonds. Force! demanda-t-il.

Manu tira sur ses deux bras.

— C'est sciable, dit Roland.

Et il s'attaqua aux gonds. Le morceau de lame était court et il n'avait pas de manche; il le serrait, les deux mains superposées, une étreignant l'autre. Il sciait de manière à ne laisser qu'un téton de cinq à six millimètres. Manu demandait parfois à se reposer. Au début, le grattement de la scie les effraya. Roland lui-même s'était arrêté; il semblait que le bruit se répercutait dans tout le sous-sol, grandissait, émergeait en surface. Et puis Roland avait repris le travail. « Il faut ce qu'il faut, avait-il dit. Ça ne se fera pas tout seul. »

Avant que le troisième gond ne fût complètement scié, il stoppa et regarda de très près.

— On peut y aller, dit-il, la serrure maintiendra la porte.

Après, ils enlevèrent carrément la porte. Manu ne

126

s'étonna pas outre mesure de ce genre de résultat auquel Roland l'habituait. Ils allumèrent la chandelle pour pénétrer dans la pièce. Ils y trouvèrent un établi et un matériel très varié, impeccablement rangé. Mais pas la moindre trace de scies. Manu leva la chandelle.

— Là, dit Roland en s'approchant d'un placard mural fermé au cadenas.

Il choisit un clou long et mince dans une boîte, le plia à l'étau et se mit à ausculter le cadenas jusqu'à conclusion. Un trésor sommeillait à l'intérieur du placard. C'est relatif, un trésor; il est fait de ce que l'on désire le plus. Il y avait des lampes à souder, un chalumeau oxhydrique, et des lames de scie d'espèces différentes, groupées en paquets. Roland les confronta à la lueur de la chandelle. Il en conserva un paquet.

— Des « Griffin », dit-il. C'est une bonne marque, du n° 7, c'est ce qu'il nous faut.

— Ils remontent un peu dans mon estime, dit Manu, je vois qu'ils ont du matériel convenable. — Il fit un geste d'inspecter les murs, la chandelle à bout de bras. — Maison sérieuse, estima-t-il. Très connue sur la place. Un accueil à ne plus pouvoir s'en détacher. La réussite renfloue la bonne vieille carcasse humaine.

— Je fauche le paquet entier, dit Roland. Ce sera moins visible que de l'ouvrir pour ne prendre qu'une lame.

Ils remirent le reste en place, avec une minutie touchante. Avant de sortir, Roland considéra les deux bouteilles d'oxygène debout dans un angle.

— Dommage, dit-il. Mais vraiment le chalumeau dans la nuit, pour une fenêtre, c'est impossible.

Ils soulevèrent la porte, l'inclinèrent de façon à encastrer le pêne ouvert, dans la gâche. Puis ils l'axèrent sur les gonds raccourcis, mais suffisants pour faire tourner la porte lorsqu'elle s'ouvrirait normalement. Ils regagnèrent la lampisterie et s'assirent sur le sol, dans l'obscurité, en attendant que l'horloge indique l'heure. Elle sonna bientôt la demie. Encore trente minutes à patienter pour savoir de quelle heure il s'agissait.

— Dès que nous aurons le chantier définitif, il faudra une montre, dit Manu.

— Oui, un sablier, dit Roland. J'ai pensé à un sablier géant, fabriqué avec deux grosses seringues.

Ils se turent pour réfléchir séparément à l'objet qui fragmenterait le temps. Ils rejoignaient par la pensée les hommes d'un siècle enfoui qui furent aux prises avec la notion du temps sans le secours astral.

L'horloge sonna moins le quart. Dans la pièce, les caisses superposées, les rouleaux de fil, les vieilles lampes revêtaient déjà l'uniforme des choses familières. L'horloge ne leur fit pas défaut; elle indiqua la vingt-troisième heure de la journée.

— Déjà honze heures, dit Roland.

Ils sortirent de leur engourdissement, et se mirent debout, livrant au froid toute la surface de leur corps. Au-dessus la fenêtre découpait dans le ciel une bande longue et étroite assez riche d'étoiles. Les barreaux leur semblaient hostiles et les premières morsures de la scie fracassèrent le silence. Roland s'arrêta. Il avait les pieds posés à plat sur un plan incliné, ne conservant l'équilibre qu'avec l'aide de Manu qui lui soutenait les reins de ses deux mains. Manu, les bras levés, se fatiguait vite. Il baissa la tête pour durer dans l'effort. Roland s'accrocha d'une main à un barreau, soulageant ainsi son ami. Le visage de profil, il guettait, comme si la scie avait réveillé toute la ville. Il entendit le son clair d'un brodequin sur le sol gelé.

— On vient, souffla-t-il.

Il désencadra sa tête de la fenêtre, et de biais, la joue contre le mur, il sentit l'homme s'approcher, passer à sa hauteur et s'éloigner.

— C'est la relève des gardes mobiles, dit-il.

En confirmation, un bruit identique s'approcha d'eux, dans le sens contraire. Sous l'ampoule, fixée au bout d'une ferrure scellée dans le bâtiment contre la fenêtre de la lampisterie, l'homme s'arrêta.

— Merde, dit-il.

Manu et Roland ne respiraient plus. Roland avait lâché le barreau et son corps pesait sur les bras et la tête de Manu. Le garde ne bougeait pas; il devait regarder au-dessus de lui. Ils entendirent l'éclatement du phosphore contre un frottoir. L'homme reprit sa marche, hésitante

128

d'abord, car il devait replacer ses allumettes et ses cigarettes.

— On entend vachement, dit Manu.

Roland se raccrocha après la fenêtre.

— Donne-moi la corde, dit-il.

Il la passa entre les barreaux, ménageant une boucle qui lui ceignait les reins. Manu s'appuya contre une caisse, les mains dans les poches, inutile.

« Que tout s'entende ou pas, se dit Roland, il faut y aller. » Et il s'attaqua au barreau, animé d'une sorte de rage. Bientôt Manu le remplaça. Plus le va-et-vient de la scie était rapide, moins on pouvait déceler l'origine du bruit, et plus vite il cesserait. Ce bruit énorme, franc, ne dénonçait pas des prisonniers inquiets, exercés à éviter le moindre frôlement. La rue n'était pas si loin, le bruit pouvait venir de la ville libre. Dès que la scie s'immobilisait, le silence tombait sur eux.

— Ça y est, dit Manu.

La lame était passée de l'autre côté du barreau.

— Secoue-le, dit Roland. Il doit venir.

Manu serra le barreau à deux mains, tira et poussa de toutes ses forces. Il s'acharna. Rien. On eût dit qu'il n'était pas scié. Roland monta. Ses membres étaient plus lourds, il était plus fort. Le barreau se descella du mur et lui resta dans la main. Une impression de manque, de vide, se dégageait de la fenêtre comme d'une mâchoire édentée. Une très vieille personne qui n'avait plus que deux dents depuis des années, deux dents côte à côte, devant, auxquelles on s'était habitué, et un beau jour il n'en reste plus qu'une; et cela semble profondément vide.

— J'y vais, dit Roland. Tu remonteras la corde. Au retour, je lancerai des petites pierres.

Il attacha la corde autour du barreau solitaire, lançant l'autre extrémité dans le vide. Il disparut les pieds en avant. Manu attendit quelques secondes; la corde était molle, il la remonta et la jeta à l'intérieur de la pièce. Roland devait traverser la cour de promenade en rasant les murs. Il ne pouvait l'apercevoir. Il s'accroupit dans un coin, entre deux caisses, les avant-bras sur les genoux remontés et le front sur les avant-bras. Roland avait emporté la chandelle, la clef, les lames, enfin tout. Manu, en cas de danger, ne pouvait revenir seul dans la cellule. La porte qui leur donnait chaque fois tellement de mal était fermée. Manu n'aurait su l'ouvrir.

Roland était à découvert entre le bâtiment du quartier haut et celui du quartier bas. Et surtout, en sortant par le fenestron, le risque était grand. Sur deux mètres, on battait le flanc du bâtiment, à la hauteur du petit mur de ronde. Très en vue, ce secteur. A moins de se frayer une voie libératrice immédiate, ce va-et-vient était impraticable. Manu essaya d'établir un pourcentage, une cotation de la chance. Il chercha une base mais ne la trouva pas. Où était le plus ou moins de risque quand le risque était partout? Dans l'œil du surveillant qui détaillait peut-être à cette seconde précise les mannequins de la 11-6, n'y avait-il pas un danger? Le plus grand sans doute. Il se sentait si fatigué, qu'il ne s'inquiéta nullement d'entendre sonner quatre heures du matin. Il n'avait plus la force de s'inquiéter.

Si Roland revenait, ils rentreraient ensemble. Si Roland ne revenait pas, il resterait là, accroupi dans son coin, faute de pouvoir aller ailleurs. Il n'avait aucune opinion durable sur le succès de Roland; il en changeait tous les quarts d'heure. A la demie de quatre heures, c'était le tour du quart de pessimiste. Ce qui n'empêcha pas les petites pierres de tomber dans la pièce. Roland avait dû en jeter une poignée pour être certain d'atteindre son but. Manu se dressa d'un bond, grimpa à la fenêtre et lança la corde. Il sentit qu'elle se tendait, et Roland apparut. Ce fut plus difficile de rentrer. Il fallait passer les pieds d'abord, donc se dresser presque debout contre le bâtiment.

Ils replacèrent le barreau.

— Filons, dit Roland, il est tard.

Il sentait l'extérieur; il dégageait du froid. Mais un froid aéré, vivifiant. Il était celui qui rentre et qui renouvelle l'esprit de celui ou ceux qui sont restés. Comme on se détourne dans les veillées, sur le tardif qui pousse la porte. Manu ne lui posa pas de question et ils rebroussèrent chemin, bataillant plus d'une demi-heure pour fermer la porte compliquée derrière eux. En rabattant la patte du cadenas, Roland dit qu'elle allait se casser à la longue, à force d'être redressée et repliée.

— Mais comme nous ne repasserons plus par là, elle ne se cassera pas, ajouta-t-il.

Il n'affichait pas de mécontentement, ni le contraire, et Manu ne savait trop que penser. Ils firent halte au lieu habituel.

— Ça ne va pas, dit Roland. — Il expliqua qu'on ne pouvait descendre dans l'égout sans laisser des traces de passage. — Il aurait fallu que tu descendes avec moi et que tu remettes la plaque de l'égout, sa barre, son cadenas, et que tu remontes dans la lampisterie. Pendant ce temps, la corde se balancerait contre la façade. La première ronde dans la cour de cette division découvrirait le pot aux roses. A moins d'emmener Cassid ou Monseigneur qui resterait dans la pièce, ce qui impliquerait trois mannequins à la 11-6, au lieu de deux.

— Ce serait trop, trois mannequins, dit Manu. Et puis, comment sortiras-tu de l'égout? On ne pourrait convenir d'une heure pour que je revienne t'ouvrir, puisque tu n'entends pas l'horloge.

Roland ne répondit pas tout de suite.

— Ou bien, passer complètement à l'extérieur, dit-il...

Il raconta que d'où il venait, on pouvait joindre les cuisines et sortir par-devant, en descendant le long de la porte principale. Il connaissait le chemin. Mais à un endroit, il fallait être très rapide pour couper un phare fixe, éclairant une petite façade blanchie à la chaux.

— C'est faisable, sauf pour Willman qui traîne la jambe, termina Roland. Et puis à cinq, c'est beaucoup.

Manu réfléchissait.

— A quatre encore, quatre hommes très vite, ça devrait passer, dit-il.

Oui, mais ils étaient cinq, et voilà qu'ils parlaient d'un départ à quatre.

Roland semblait poursuivre une idée qui se déroulait devant ses yeux.

— Deux cordes. Deux par corde pour descendre, c'est mieux que d'attendre à quatre sur la même. Et puis c'est tout. La voie est faite par le fenestron.

— La nuit prochaine, nous pourrions partir, dit Manu.

Sa phrase résonna en eux. Ils savaient qu'ils ne parle-

131

raient plus de Willman. Qu'ils y penseraient constamment, mais ne prononceraient plus son nom. Il était déjà comme un remords et pour l'empêcher de se dresser, de vivre, de se défendre rien qu'en vivant, le mieux était de ne plus l'évoquer. Manu connaissait un infirmier qui lui donnerait un peu de gardénal. Ils avaient du lait en poudre; le soir, on ferait un petit chocolat en brûlant des cartons et Willman dormirait, d'un sommeil sans nuage. Roland se passa une main sur la figure.

— Tout ça, c'est un peu confus, dit-il. Rentrons, dans la soirée nous verrons bien.

Parvenus sous leur cellule, ils entendirent un bruit de voix. Manu couvrit la lueur de la chandelle de sa main. La ficelle fixée à la cheville de Monseigneur pendait normalement. « S'il y a du danger, il ne bougera pas », se dit Roland, et il tira à petits coups comme d'habitude.

Monseigneur remonta la ficelle. Les voix se turent.

— Ce n'est rien, ils parlaient entre eux, dit-il à Manu. Et ils attendirent le signal.

— Ça va, dit bientôt Monseigneur.

Ils remontèrent, mirent tout en place et se couchèrent. A ce moment, Willman s'assit sur sa paillasse.

— Il faut leur dire, il n'y a pas de raison, dit-il. Ça nous regarde tous.

— Laisse-les roupiller, coupa Monseigneur. Tu nous les brises.

La voix de Geo, au timbre neutre, s'éleva du coin.

Qu'il raconte ce qu'il voudra, dit-il, pour ce que j'en ai à foutre.

Willman parlait à Roland et à Manu, comme un gosse relate à ses parents les dégâts occasionnés par son petit frère pendant leur absence.

— ... Alors, je me retourne pour paraître le plus naturel possible et qu'est-ce que je vois? Le mannequin décapité, la tête sur les pieds. Et le gaffe qui lorgnait. Je me suis précipité vers la porte avec ma jambe folle pour lui boucher la vue et j'ai demandé de l'aspirine. Pendant ce temps, Monseigneur arrangeait le mannequin. Vous vous rendez compte? Avec vous deux en dessous. Et puis nous, enfin quoi, nous tous...

Manu se dressa sur son coude.

— Je ne comprends pas très bien cette histoire de mannequin décapité, interrogea-t-il, ni ce que Geo vient faire là-dedans.

— Ce qu'il vient faire là-dedans? répondit Willman, mais c'est lui qui a heurté le mannequin. Il l'a dit, d'abord. Oui, il l'a dit. Il s'est levé pour pisser et en se recouchant, avec ses gestes de bras sans se retourner, vous savez avec ses gestes de sémaphore (et Willman agita ses bras dans tous les sens), il a envoyé rouler la tête du mannequin. Et puis, il s'en est foutu complètement. Il aurait pu avertir au moins. C'est ça que je lui reproche, dans le danger commun.

Il sembla impossible à Manu que Geo soit inconscient à ce point.

— Il ne s'est certainement pas rendu compte, intervint-il.

Roland s'était assis.

— Geo, demanda-t-il, c'est vrai?

— Puisqu'il te le dit, grogna Geo.

Monseigneur saisit le bras de Roland.

— Mauvaise heure pour discutailler, dit-il. Reposez-vous.

— Dans tous les cas, dit Roland en regardant Willman, nous te remercions d'avoir su éviter le pire.

Willman rougissait de plaisir, débordait de fraternité, de cette joie d'avoir aidé, d'avoir sauvé.

— C'est tout naturel, c'est tout naturel, répéta-t-il. Vous en faites assez...

Manu et Roland se regardèrent. Les dangers courus ensemble les liaient chaque jour davantage. Ils se comprenaient et pensaient à ce qu'ils avaient dit de Willman, une demi-heure plus tôt. S'enfuir à quatre, abandonner celui qui traînait la jambe et qui les sauvait pendant qu'ils en parlaient. « L'homme s'enferme vite dans des réactions animales dès qu'il est coincé », pensa Manu. Il se cherchait une excuse; c'était plus supportable. Mais ce genre de fuite est factice. Le mieux serait de réparer, de faire quelque chose pour Willman. Le protéger contre Geo, par exemple. Ils ne parlèrent plus et s'endormirent très vite, non jusqu'au lendemain puisqu'ils y étaient déjà, mais jusqu'à la dissipation de la plus grosse partie d'une fatigue qui se déposait en eux, par petites vagues, ne se retirant jamais complètement.

Dans la journée, ils parvenaient à donner satisfaction au confectionnaire. Monseigneur graissait la patte au détenu-comptable, ce qui leur assurait une priorité en cas de pénurie momentanée. Les rapports avec les autres cellules s'espaçaient. Ils n'essuyèrent aucune remarque. Les multiples petites nouvelles ne tombaient plus chez eux, car ils ne tendaient plus l'oreille pour les capter au passage. Elles continuaient donc à circuler par les fenêtres, à monter et à descendre le long des façades, en zigzag, comme le relevé d'une température instable, sans profit pour la cellule 11-6. Cellule morte, qui faisait penser aux cellules vidées pour cause de réparation.

Ce soir-là, ils furent obligés d'entendre un verdict. Le type rentrait du Palais en frappant du poing chacune des portes de la division. Il habitait au bout du couloir.

— Cinq piges avec sursis, gueulait-il à chaque fois.

La nouvelle pénétra dans la 11-6, au moment où la discussion de l'aube, sur le comportement de Geo, allait reprendre.

— Je le connais, dit Monseigneur. Il a étranglé sa femme.

— Pourquoi? demanda Manu.

— Elle refusait de se laisser baiser, répondit Monseigneur. Il m'a tout expliqué. Il se frottait, elle se laissait embrasser, mais pour le truc, rien à faire. « Mais tu es ma femme, hurlait-il, je t'ai épousée. Tu comprends pas ce que ça veut dire? » Elle pleurait, c'est tout ce qu'il obtenait. Tous les soirs, elle se couchait docilement, mais pour baiser, tintin.

— Je ne comprends pas, dit Roland; il aurait pu consulter un médecin, ou la famille de sa femme, sa mère, je ne sais pas moi..., mais faire quelque chose.

— Il n'osait pas, mon vieux, dit Monseigneur. Il avait honte. Son orgueil de mâle, tu saisis. Et un beau jour, il l'a prise par le cou pour qu'elle arrête de se débattre. Et il l'a eue. Seulement là, il a serré davantage et trop longtemps sans se rendre compte. Tu sais ce que c'est qu'un type dans ce cas-là, il perd la tête. Et depuis le temps, ça le tenait ferme.

— Je parie qu'il s'est constitué prisonnier, dit Geo.

— Oui, dit Monseigneur; il a téléphoné et ils sont venus le chercher.

— Ce qu'ils ne pardonnent pas, dit Geo, c'est de s'enfuir. Le seul réflexe valable dans un moment pareil, il te coûte vingt ans de bagne. Ils confondent l'écroulement d'un salaud comme ça, avec le remords. Et vous entendez le retour de cette canaille : « Cinq piges avec sursis. » On claironne. On va pouvoir se remarier, et si la femme est trop docile on lui dira d'une voix un peu rauque : « Te laisse pas faire comme ça, résiste, bon Dieu, je te dis de résister. »

Willman ne disait rien; il pensait à la souffrance de l'amour charnel insatisfait, non partagé.

— Et pour nous, ce sera le bagne ou la guillotine, continuait Geo. Dans la même salle de justice, avec les mêmes. Seulement on a touché à leur portefeuille. Etranglez vos femmes en éructant, et on vous remettra en circulation. Après tout, elle était passée à la mairie, à l'église. Estampillée. Prête à l'usage.

— Il y a combien de temps qu'il est dedans [1]? demanda Manu.

— Dix-huit mois, environ, répondit Monseigneur.

Manu regarda devant lui.

— Il n'était pas cher, le petit corps blanc et mince, dit-il doucement.

1. Ecroué.

Roland allongé sur sa paillasse goûtait les derniers instants de repos avant la descente.

— Ils sont à plaindre, dit-il. Essayez de mesurer des vies humaines avec des années de bagne, quelle drôle de monnaie. De quelle base partir pour être juste? Ce sont d'infaisables calculs. Cela semble toujours trop ou pas assez. Mais après tout, ça les regarde. Pour nous, c'est en bas..., et il montrait l'angle de la cellule où les attendait fidèlement le trou.

Willman craignait les réactions de Geo. Il avait pris position contre lui, il l'avait accusé devant les autres. Mais Geo n'avait pas l'air de lui en vouloir. Il lisait. Une heure après le départ de Roland et de Manu, il ferma le livre, et prononça la petite phrase que Willman pensait très en avance. Tout était dans l'ordre pour les tireurs de ficelle. Manu et Roland ne s'étaient pas montrés loquaces aujourd'hui. Ils devaient continuer à chercher. Monseigneur les approuvait de ne rien dire. Surtout avec cette discussion du matin suspendue comme une menace.

Manu et Roland tenant conseil dans la cave de la dernière cellule avaient suivi le même raisonnement.

— Geo n'a pas dû se rendre compte pour le mannequin, disait Manu. Mais il l'a dit exprès pour torturer Willman.

— Je le crois aussi, dit Roland, et ils n'en parlèrent plus.

Roland rappela que Fargier avait gagné les sous-sols en agrandissant la conduite d'air chaud de sa cellule. Il était donc tombé dans la conduite générale, qui amenait l'air chaud dans chaque cellule, par petites canalisations perpendiculaires. Et cette conduite générale l'avait amené à une sorte de souterrain en cul-de-sac, bouché au béton bleu. Il avait gratté le béton et rebroussé chemin devant la vanité de son effort.

— Ce chemin mène au quartier bas, dans l'ex-soufflerie générale ou quelque chose de ce goût-là, dit Roland. Les galeries sont murées, se longent, etc. A un moment l'une d'elles doit longer l'égout de la ville. Voilà ce que je crois. Les couloirs que nous connaissons, tout le secteur allumé près du pilier sous le rond-point, ne nous donneront rien. Nous allons nous engager dans une ancienne conduite d'air chaud et la suivre.

Ils ne tâtonnèrent pas longtemps. L'emplacement des cellules les guidait. Les conduites étaient bâties en briques et couraient au-dessus d'eux à la hauteur des plafonds des cellules. Par endroits, elles étaient cassées. De quelques coups de barre à mine, ils déblayèrent une ouverture et se hissèrent par un rétablissement. Ils marchaient lentement, courbés en deux, dans un couloir de la largeur des épaules, rectangulaire. Pour se reposer, ils s'agenouillaient. Ils étaient en hauteur et devaient se méfier des trous qui les eussent précipités sur le sol des grandes galeries souterraines. En tournant deux fois à gauche, une fois à droite et encore une fois à gauche à l'occasion des intersections, ils débouchèrent dans un tunnel important. Deux autres conduites s'y jetaient. Ils se tenaient debout. Le sol descendait presque à pic. Ils progressaient, la chandelle haute, se retenant à des aspérités qui ressemblaient à des marches très usées. Et le cul-de-sac apparut. Le boyau avait 1,50 m de large et 2 mètres de haut. Le plafond était voûté, rappelant un égout. Le sol était sec. Sur le béton qui bloquait le chemin, ils relevèrent des traces de grattage. Un sol plat succédait à la pente.

— Fargier est venu jusque-là, dit Manu.

— Ce doit être épais, ce truc-là, dit Roland. Au moins deux mètres. Nous allons le contourner. — Ils inspectèrent le mur de droite. — Nous le percerons, dit Roland, et nous ferons un tunnel en arc de cercle qui nous conduira de l'autre côté du bouchon. — Il se frotta les mains. — Enfin voilà notre vrai chantier, dit-il.

Ils étaient sous la terre et pouvaient parler sans contrainte. Roland croyait que la dénivellation qu'il venait de franchir correspondait à la descente d'escalier de la surface.

— Nous sommes certainement sous une des cours du quartier bas, disait-il.

Les pierres de taille étaient soudées par le temps. Ils manquaient d'outillage pour s'attaquer aux joints. Ils partirent en chercher dans les sous-sols, sur l'amoncellement des vieux lits repérés lors des nuits dernières. Ils groupèrent des montants de toutes les tailles et les traînèrent au chantier avec une peine infinie. Les muscles des jambes durcis par la marche courbée, les reins lourds, les incitèrent à remonter dans la cellule. Monseigneur fut étonné de les voir rentrer si tôt. Il n'était que deux heures du matin.

— On a trouvé le chantier, annonça Roland.

Ils ne se déshabillèrent pas. Ils avaient tous l'esprit lucide, même Geo qui se retourna d'un seul coup pour demander :

— Alors je peux descendre?

— Justement, dit Roland, je vais montrer le chemin à Monseigneur, et vous ferez équipe à deux. Une équipe ne pourra travailler que deux heures d'affilée pour travailler utilement. Dans une nuit, chaque équipe descendra deux fois. Pour ce soir je vais ouvrir le chantier avec Monseigneur. Demain, tu descendras, dit-il à Geo.

Manu s'attacha la ficelle à la cheville et prit la place de Monseigneur.

Roland choisit une cuillère affûtée, la mit dans sa poche et se coula dans le trou. Monseigneur un peu ému, s'engagea à sa suite. Bien qu'il se soit imaginé cet instant, il ne le reconnut pas. La totalité du noir le surprit. Il suivait Roland avec l'angoisse de ne pas retrouver son chemin lorsqu'il lui faudrait diriger Geo. Il était simple de gagner la canalisation d'air chaud, mais une fois enfermé entre les parois de briques, on perdait le sens de la direction.

Tu le marqueras sur un papier, dit Roland. Deux fois à gauche, une fois à droite et encore une fois à gauche.

Ils s'attaquèrent aux joints avec le manche de la cuillère, pour préparer l'emplacement de la barre à mine. Monseigneur maniait la cuillère et Roland sciait en biseau les traverses des lits. Ils avaient conscience que le bruit restait avec eux, enfermé dans le boyau.

— On fabriquera d'autres lumignons. On amènera une planche et un stock de ces pommes à cidre qu'ils vendent à la cantine. On va bien s'installer, disait Roland.

La pierre était terriblement dure. Il fallait frapper de la barre à mine à petits coups, la tenant à bras tendus. Les membres s'alourdissaient aussitôt.

— Dès que la première dalle aura sauté, ça ira tout seul, dit Monseigneur.

Tout seul ou pas, la liberté dépendait de ce tunnel. Ils quittèrent le chantier en regardant l'infime sillon creusé au prix de grands efforts. Il avait la longueur de la dalle

138

du centre, soit une vingtaine de centimètres, et pas plus de trois en profondeur.

« Il faudrait un lourd marteau et un burin », pensa Roland. Il craignait de déclencher des fouilles en volant ces outils usuels dans la serrurerie. Ce sera long, mais on s'en passera, se disait-il en regagnant la cellule.

Manu avait souvent tiré la ficelle, se préoccupant peu des sensations de Monseigneur. Dès que Roland actionna la ficelle, Manu ressentit un courant dans toute la jambe. Il se domina pour ne pas bondir du lit; il se souvint qu'il devait attendre la ronde. Il remonta la ficelle, et attendit. Il comprenait mieux la tâche ingrate de ceux qui restent. Ils ne possèdent rien pour mesurer leur inquiétude car il n'existe rien pour cet usage.

Dans la journée, ils répondirent patiemment aux questions de Willman. A présent qu'ils avaient un travail fixe, ils se sentaient plus stables. Willman éprouvait une sécurité jusqu'alors inconnue. Geo le comparait mentalement à une femme dont l'homme émerge du chômage, de cette période de recherche d'un travail, plus harassante qu'un labeur pénible.

Maintenant, on savait où on allait. Le roulement s'établit sans heurt. Manu et Roland descendaient les premiers. Le sablier géant fonctionnait; à la fin de la nuit, le décalage ne dépassait pas la demi-heure. Il trônait sur une étagère de la largeur du boyau, coincée entre les deux parois, appuyée contre le bouchon de béton. Le sablier valait un quart d'heure moins le temps de compter jusqu'à cinquante-quatre, soit treize minutes. Chaque fois qu'ils le retournaient, ils traçaient une barre sur un papier. Sur l'étagère des pommes s'alignaient. Ils manquaient d'eau, mais ne pouvaient en transporter n'ayant pas de bidons hermétiques.

Geo ne communiqua ses impressions à personne. Il descendait, travaillait, remontait sans dire un mot. Pourtant il écoutait avec un plaisir toujours neuf les petits bruits de la nuit. Il trouvait que la nuit donnait à la pierre qui roule, au souffle qui passe entre les lèvres, au grattement des outils contre les murs exigus, une résonance solitaire, poétique. Son imagination le transportait ailleurs, plus aisément la nuit que le jour. Dans cet amour de la nuit il y avait peut-être déjà le signe de l'assombrissement de son univers. Le tunnel avançait peu chaque nuit, mais il avançait toujours. La dalle du centre était isolée sur son périmètre. Elle ne tenait que par le fond. Ce fut l'équipe Monseigneur-Geo, qui pesèrent sur leur plus grosse barre à mine, jusqu'à la plier, pour obtenir la capitulation de la dalle. Ils l'enlevèrent du mur avec les mains, doucement, comme on sort un bijou de son écrin. Ils la contemplaient avec ravissement. Ils en oubliaient le sablier et se demandèrent s'il y avait longtemps que le sable ne tombait plus. La seringue du haut était vide. C'était un bon sable, fluide, presque blanc, qu'ils avaient prélevé d'un sac dans le sous-sol. Ils l'avaient séché dans une gamelle chauffée à l'aide de déchets de carton. Monseigneur renversa les seringues, et le sable reprit sa marche régulière, têtue.

— On va compter deux sabliers pour un, dit-il. L'avance est préférable au retard.

Manu et Roland trouvèrent une cavité à la place de la dalle. Le trou leur semblait immense. Chaque équipe trouvait le chantier modifié. Elle se tuait au travail en pensant aux deux suivants, à leur sifflement admiratif. C'est dans cet esprit que les quatre dalles furent extraites. Ils avaient percé le mur. Restait à pénétrer dans l'épaisseur de la terre.

L'évasion durait depuis le 7 janvier, et le 22 janvier pointerait avec l'aube suivante. Ils sacrifièrent une nuit à chercher des planches de toutes sortes et de toutes tailles pour étayer le tunnel. Ils ne vivaient que sur le chantier. Leur existence de jour était une fausse existence. La vie commune s'était resserrée.

Ils s'enfonçaient et s'extirpaient des sacs de couchage sans distinction de propriétaires. Tout appartenait à chacun. Ils aspiraient à une paix profonde dans la journée et il leur était devenu douloureux d'avoir à sortir de la cellule pour aller aux visites médicales ou au Palais. Manu suivait un traitement pour son oreille; des gouttes et des cachets contre l'infection qu'un détenu-infirmier lui donnait par amitié. Le docteur avait ordonné de l'aspirine; ils étaient rentrés à quatre dans son cabinet avec des maux différents. Ils en étaient sortis avec trois cachets d'aspirine chacun. Quand Monseigneur revenait de chez l'aumônier il racontait souvent une petite histoire. Il y voyait du monde, là-bas. C'était un grand gaillard, les cheveux en brosse. Un dominicain. Il soignait des âmes de passage. « A destination de l'enfer », ricanait Geo. Mais dans le fond, il admirait ce lutteur, qui fonçait, traînant, agrippé à sa soutane, un système pénitentiaire archaïque.

— Il est trop seul, avait dit Manu, un jour.

Et Geo acquiesça comme on rend hommage à ceux qui meurent dans le panache, à la guerre. De ceux dont on dit très vite pour éviter de les pleurer : « D'une imprudence! Ils auraient dû écouter. Ils sont bien avancés, à présent... »

L'assistante sociale venait dans les cellules, avec sa pèlerine bleue d'infirmière qui l'amincissait encore, son petit bonnet blanc et son air angélique. Elle parlait dans la galerie avec celui qu'elle désirait voir. C'était plus décent. Elle était très intelligente. Manu se sentait attiré par les femmes intelligentes. Elle lui lançait d'étranges conseils et cela lui plaisait d'y songer ensuite.

— Vous avez un visage tendu, égaré. Changez votre intérieur, et votre extérieur se modifiera d'autant, lui disait-elle.

Manu était toujours sombre en face de cette fille claire.

— Le diable ne change pas, répondait-il.

Elle appartenait à une lignée d'officiers de marine. Elle avait un sens de l'honneur qui semait Manu en chemin; non qu'il ne la comprenne pas, mais la largeur de l'abîme les séparant lui soufflait qu'il était trop tard pour tout, que plus rien de valable n'aurait lieu.

On l'appelait « petit bonnet » dans ce monde infernal, et elle accomplissait le miracle d'être respectée. Introduite dans les prisons par une loi nouvelle, les anciens principes freinaient des quatre fers, amenuisant son efficacité jusqu'à la dérision.

— Que crois-tu qu'elle pensera quand nous serons partis? demanda-t-il à Geo.

— Elle priera pour le triomphe des lois, répondit-il. En se disant qu'il y va de notre salut, puisqu'elle ne croit pas au salut en dehors des lois. Tout ça forme un bloc. Et puis, tu sais, les filles intelligentes... Il ébaucha un geste vague.

Il aimait Manu. Il ne savait pas exactement pourquoi et ne cherchait pas à le déterminer. Ce fut à lui qu'il s'adressa en revenant du parloir.

— J'ai changé d'avis. Je ne suis plus partant, dit-il.

Ils rirent. Sauf Manu. Geo ne parlait jamais de l'évasion; ce n'était donc pas pour en plaisanter.

— Que se passe-t-il? demanda Manu.

Geo avait regagné son coin.

— Question personnelle, dit-il lentement. Il y a les choses que l'on peut faire et celles que l'on ne peut pas faire.

Manu était venu s'asseoir à côté de lui, et Geo se sentit moins triste. Des explications, il n'en devait à personne.

— Pourvu que je ne vous trahisse pas, dit-il, c'est le principal. D'ailleurs, je continuerai à vous aider...

— Et tu nous regarderas partir, enchaîna Manu. Tu resteras là; ils te colleront au cachot. Toi au cachot, et nous dehors, dans la vie; ça fait une fameuse différence. Tu ne trouves pas?

Geo ne répondit pas. Est-ce que Manu devenait idiot au point de penser que lui, Georges Cassid, ne sentait pas cette différence? Aux yeux de Manu, rien au monde ne motivait de rester là, et Geo le savait.

— Je ne te demanderai rien, insistait Manu. Ni en mon nom ni en celui des autres. Mais je ne veux pas que tu t'enfermes dans une décision. La nuit du départ, jusqu'à la dernière seconde, il sera encore temps de changer d'avis, de venir avec nous. Avec moi (et il se permit d'appuyer sur ce « moi » à cause des sentiments qui circulaient entre eux deux et du chagrin qu'il aurait de sentir Geo coincé dans le piège).

Monseigneur, Roland et Willman pensaient aux rêves de Geo, frissonnants de femmes. Ils sentaient qu'il n'était pas victime d'une dépression passagère, qu'il s'avérait vain de combattre une attitude guidée par un motif très grave.

Seul avec Manu, Geo savait qu'il aurait vidé son sac. C'eût été préférable. Mais il y avait les autres, et Geo conserva par-devers lui ses histoires de famille. Le truc banal. Le sacrifice du dévoyé pour sa mère.

« Le jour du procès, j'éloignerai ta mère de Paris, lui

avait dit son père. Dans son état un moindre choc peut la tuer. » Geo sentit que l'évasion s'arrêtait après cette phrase. Depuis son arrestation, sa mère gardait le lit, atteinte d'une langueur corrosive qui échappait au pouvoir des hommes. Et l'évasion déclenche un système publicitaire durable, une police qui fouille partout, qui se colle aux talons des proches parents, où qu'ils aillent, où qu'ils se trouvent. Et cela, pendant des mois, des années, ou simplement des jours, suivant les aptitudes de l'évadé à passer entre les mailles.

Geo posa ses yeux gris sur le visage de Manu. Ils s'enfuieront à quatre, voilà tout.

— On n'est jamais complètement seul, dans la vie, dit-il. Il y a de petites phrases qui n'ont l'air de rien, mais qui t'enlèvent tout, jusqu'aux rêves qui terniront à force d'inaccessibilité.

Effrités par un travail de nuit, et une crainte de vingt-quatre heures sur vingt-quatre, ils n'étaient cependant pas assez fatigués pour ne pas voir en Geo le tournant d'une destinée. Mais, qu'elle tourne ou qu'elle suive une ligne droite, elle n'en continuait pas moins son chemin, comme les leurs.

Cette nuit, Roland et Manu se jetèrent contre les pierrailles et la terre avec rage. Ils étaient tristes, et, à l'occasion d'un repos, la tête à hauteur de l'immuable sablier, Roland résuma :

— C'est comme un moteur qui tourne sur trois pattes, dit-il.

Geo travaillait toujours en équipe avec Monseigneur, mais depuis sa décision, il manquait quelque chose à chacun, et sans doute plus précisément à Willman. L'opinion de Cassid ne lui était pas indifférente. Ce garçon, tranquille, sûr de lui, viril, avait impressionné sa sensibilité presque féminine. En bifurquant, Geo installait l'inquiétude au fond de Willman, et ce dernier la sentait sourdre en lui, comme une eau hésitante qui perle du sol, se groupe en filets, grandit encore, jusqu'à entraîner le sol qui abrita sa naissance.

Willman s'imaginait la progression du tunnel d'après ce qu'en disaient les quatre hommes. En travaillant au décorticage, ils en parlaient à voix normale, protégés par le bruit des cartons arrachés. Roland bénissait le gel qui maintenait la terre, l'étayage étant faible. Le tunnel faisait le vide sous une cour de promenade, et ils entendaient passer les rondes de nuit. Un soir, deux surveillants s'arrêtèrent juste au-dessus de leur tête. Geo, qui creusait à ce moment-là, s'arrêta. Il s'attendait que le sol s'ouvre sous le poids et précipite les deux gaffes dans le tunnel. « Servis chauds. »

Ils parlaient d'un chronomètre déréglé; Geo les entendait comme de bouche à oreille. Puis, ils s'éloignèrent. Geo reprit son travail, inquiet du bruit qui s'en dégageait. Ils en parlèrent ensemble dans l'après-midi.

— Du boyau central obstrué au béton, on n'entend rien, expliqua Roland. Mais du tunnel qui contourne ce béton, c'est différent, et il faudra activer davantage.

Les autres le regardèrent. Ils étaient à l'extrémité de leur fatigue; Manu s'était déjà endormi au parloir des avocats, debout dans la file d'attente.

— On peut toujours davantage, insista Roland.

Celui qui travaillait à genoux dans le tunnel ramassait avec une gamelle la terre et les pierres que sa barre à mine détachait devant lui, en remplissant un sac placé derrière. Le tunnel était assez large pour jouer des coudes, mais pas assez haut pour se tenir debout. Celui qui attendait dans le boyau central, près du sablier, récupérait de temps à autre le sac, le vidait un peu plus loin et le remettait près de son ami. Ils en arrivèrent au deuxième tournant qui les remettait face au mur qu'il faudrait abattre, pour retomber dans le boyau central. A l'image du premier mur. Mais Roland disait que les dalles prises à l'envers céderaient plus aisément.

Ils ne demandaient qu'à le croire dans un besoin de s'incliner vers le facile quand tout est difficile depuis longtemps. Ce fut Monseigneur qui inaugura le virage et sonda les dalles de sa barre à mine. Le tunnel devenait ventru, pour autoriser les plus amples mouvements nécessaires au descellement des dalles. Monseigneur aménagea les lumignons en creusant des petites anfractuosités à sa droite et à sa gauche. Il était complètement isolé de Geo par la forme du tunnel. Il se sentait très éloigné. La barre à mine s'alourdissait. A un moment, elle glissa sur une pierre qu'il attaquait de biais, de haut en bas, mais au lieu de se ficher dans le sol près de ses genoux le sol s'ouvrit sous elle.

Le front de Monseigneur heurta le mur. Il avait lâché

la barre, et son corps se couvrit de sueurs froides. Il n'osait plus bouger. La peur lui faisait oublier sa blessure à la tête. Il appuya ses mains sur le sol, à l'endroit où avait disparu la barre à mine. En tâtonnant, il trouva l'orifice; la seule pression des mains sur ses bords l'agrandit. Tout s'éboulait sous Monseigneur. Il se rejeta en arrière et se traîna vers l'entrée du tunnel. Geo vit apparaître une face exsangue, et une main de fer lui serra le bras.

— Tout cède en dessous, articula Monseigneur.

Il était debout près de la planche qui supportait les pommes et le sablier, cherchant sa respiration. Geo lui tendit une pomme.

— Ça te retapera, dit-il.

La chair acide de la pomme se colla aux gencives de Monseigneur.

— La barre à mine entière a foutu le camp. Y'a de quoi engloutir plusieurs hommes, dit Monseigneur entre deux bouchées.

Geo songeait aux catacombes. Il avait souvent entendu dire qu'elles passaient sous la prison. Monseigneur avait récupéré; il humecta un mouchoir de salive pour nettoyer son front là où il avait heurté le mur. Il rassembla des planches, choisit une nouvelle barre à mine qu'il appuya contre le mur à l'entrée du tunnel. Puis, dénouant le cordon qui retenait deux médailles autour de son cou, il les tendit à Geo.

— Tiens, dit-il. C'est tout ce que j'ai. S'il arrivait quelque chose, tu les enverras à l'avocat. Pour ma fille, ajouta-t-il. Geo posa les médailles près du sablier.

— Laisse-moi y aller, dit-il.

Monseigneur, déjà courbé près de l'entrée, se retourna.

— Y a pas de raison. C'est mon tour, répondit-il.

Par acquit de conscience, Geo tenta encore de fléchir sa décision.

— Pas de grands mots entre nous, dit-il. Je sais bien que tu n'es pas un lâche. Et quand bien même tu en serais un, chacun est lâche à sa manière, une fois ou une autre. Mais je n'ai pas d'enfants, et pas de médailles à envoyer à l'avocat.

Monseigneur, ni ne bougeait ni ne répondait.

— Et puis ça va me donner un boulot fou ton histoire de médailles, blagua Geo. Tu sais bien que je n'aime pas écrire. Allez va, laisse-moi passer...

— C'est pas normal, c'est mon tour, dit encore Monseigneur, et il engagea la tête dans le tunnel.

« C'est bien ce que je croyais », pensa Geo. Les paroles étaient vaines. Il agrippa Monseigneur par l'épaule, le tira violemment en arrière. Monseigneur pivota, offrant un regard dilaté par la surprise. Geo lança un crochet du droit, d'une sécheresse décisive. La tête de Monseigneur fut projetée en arrière, comme celle d'un pantin désarticulé, ses genoux fléchirent et il tomba sur le sol. Geo lui arracha la barre à mine des mains, prit les planches et s'engouffra à quatre pattes dans le tunnel.

Il n'avait aucun moyen d'évaluer l'ampleur de cette soudaine cavité. Il se contenta, le corps placé le plus loin possible d'engager son bras à la recherche de la barre à mine. Au bout de son bras, sa main ne brassa que le vide; il ne touchait même pas les parois.

— Quelle histoire! dit-il tout haut.

Il retira son bras très doucement dans la crainte d'appuyer sur les bords et d'agrandir encore l'orifice, et se mit en devoir d'installer les planches dans des sens différents. Il obtint une sorte de plancher. Pour l'instant il n'avait pas à supporter son poids. On pouvait travailler à percer le mur sans monter sur ces planches. Ce ne serait qu'une fois le mur abattu, qu'il faudrait franchir ce passage à genoux, pour rejoindre le boyau central. En souhaitant de ne pas connaître le sort de la barre à mine de Monseigneur.

Geo s'attaqua aux joints de la dalle du centre qui offrirent peu de résistance. Geo palpa le mur; il était humide. Il dégagea rapidement le pourtour de la dalle, mais pour s'en saisir et la descendre au sol, il dut avancer sur les planches. Il pesa d'abord des mains; cela tenait, lui semblait-il. Alors il avança un genou, puis l'autre en se tenant aux parois et, très lentement, il ramena ses bras le long de son corps. Son poids écrasait les planches. Son imagination agrandissait la crevasse qui l'attendait en dessous. Il enleva la dalle et entreprit de reculer.

Maintenant, la pierre le remplaçait sur les planches. Le

danger s'estompait; il regrettait d'avoir frappé Monseigneur. Peut-être lui faudrait-il se défendre à son retour. Il sortit du tunnel à reculons, traînant la dalle avec lui, plus qu'il ne la portait. Enfin il se dressa dans le boyau central. Monseigneur était assis dans un coin, contre le béton sous la planche où vivait le sablier. Geo sentit sa gorge se nouer.

— Voilà, dit-il bêtement en désignant la dalle.

Monseigneur le regardait. Geo s'approcha et posa sa lourde main terreuse sur son épaule. Il ne savait pas quoi dire, mais il y avait une foule de jolies pensées derrière ses lèvres. Il prit les médailles, à côté du sablier, et les fourra un peu vite dans la main de son ami. Monseigneur referma sa main sur celle de Geo dans une étreinte maladroite où les doigts mal placés se gênèrent. Il avait tellement connu d'hommes et de situations qu'il se sentit soudain très vieux. Geo l'avait écarté par la force, mais il n'eut pas honte de s'être incliné. Il avait plaisir à sentir sa main dans la sienne; il tremblait un peu, comme si toutes les aventures d'antan, tous les dangers courus, s'étaient donné rendez-vous ce soir dans ce contact.

— Tu as mal? demanda Geo dans un élan chaleureux.

Mais presque aussitôt, il craignit de l'avoir vexé.

Monseigneur sentit sa pomme d'Adam monter et descendre : sa bouche demeura sèche.

— T'en fais pas, grand, articula-t-il.

Le sablier usait les derniers grains. Geo le retourna, et le vivant écoulement du sable reprit. « C'est déjà du passé », se dit-il. Ils n'en parlèrent plus, et dans les jours qui suivirent, Monseigneur comprit que Geo emporterait cette aube dans sa tombe. L'évasion les séparerait bientôt; Geo restait et lui s'en allait. Il poursuivrait une desti-née violente dont il n'espérait plus rien, hormis l'argent. Mais cette séparation lui coûtait. L'unique témoin de sa faiblesse lui manquerait et ce sentiment l'étonna. Cela venait sans doute du personnage, de son calme presque inhumain, de la lueur des yeux gris qui se fondaient en vous, au point de vous faire oublier leur regard.

La journée n'apportait plus rien. Les fouilles se déroulaient le mieux du monde. Manu avait rendu la scie à Roger, plus une lame entière, en allant aux douches. Toute la division y descendait, chaque trois semaines.

— Nos dernières douches en prison, avait dit Willman, en rentrant.

Ils n'étaient même pas savonnés qu'il leur fallait déjà se rincer. Ils sortaient nus et trempés des salles embuées, puantes de crasse liquide, pour s'habiller dans une galerie sans chauffage ouverte à tous les courants glacés du quartier bas. Un homme qui grelotte enfile ses vêtements avant de bien s'essuyer, ce qui rentrait dans le cadre des horaires administratifs. Manu était heureux d'avoir comblé Roger, comme un homme enrichi qui fait un royal cadeau à un vieux témoin de sa jeunesse difficile.

La nuit dernière, la muraille avait cédé. Manu et Roland étaient passés dans le boyau central, de l'autre côté du bouchon de béton. Le boyau descendait en pente très douce. Ils le suivirent pendant une quinzaine de mètres, jusqu'à un mur en briques, sans revêtement. Au-dessus de leur tête c'était également bouché. Roland leva la chandelle.

— Sans intérêt, en haut, dit-il. On doit tomber dans l'ancienne soufflerie transformée en buanderie. — Il regarda le mur de briques qui lui faisait face; à ses pieds le sol était humide. Il tapa de la paume de la main sur les briques. —

C'est là derrière, dit-il. Ensuite, il y aura une herse, ou peut-être rien. Mais on peut bien se payer le luxe de la herse...

Ils laissèrent derrière eux l'ultime défense de la grande prison, et remontèrent à la 11-6, le petit jour étant proche.

Ils s'allongèrent pendant une heure, histoire d'attendre l'ouverture. Ils étaient trop surexcités pour dormir. Ils se levèrent aussitôt. Ils savaient tous. Roland l'avait dit : « On partira cette nuit, ou la nuit prochaine au plus tard. »

C'était le lundi 3 février. En ouvrant pour le café, le surveillant ordonna à Willman de se préparer pour se rendre au Palais. Ce dernier était si ému qu'il ne trouvait plus ses affaires. Tout le monde l'aida, et une fois prêt, il s'assit sur une paillasse roulée, un peu éloignée des murs, très raide, pour éviter à ses vêtements le contact de la misère du lieu.

— Christiane sera là, répéta-t-il à plusieurs reprises. Certainement elle sera là...

Geo le guignait du coin de l'œil. Il en avait terminé d'extérioriser les histoires de femmes. Il se préparait moralement à rester là quand les autres s'enfuiraient. Il se recroquevillait.

Manu laissa Willman s'éloigner en compagnie du surveillant qui rassemblait les clients du Palais...

— Quel miracle, s'épancha-t-il de réussir sur tant de semaines, avec un type pareil.

— Enfin, dit Monseigneur, maintenant c'est dans la poche. Mais je me demande où il ira une fois dehors.

— Ça le regarde, dit Manu. Toujours pas avec moi.

— Ni avec moi, dit Roland.

Donc il restera seul, pensa Manu. Seul, avec son désir d'une Christiane suivie par la brigade criminelle.

— Mais vous trois, dit Geo de sa voix neutre, ne vous séparez pas.

C'était Geo qui les unissait et ils se sentirent davantage liés.

— Nous devrions être quatre, dit Manu en le regardant.

Geo sembla ne pas entendre, et une gêne tomba sur tous. Roland rompit en s'occupant de la peau des mannequins. Ils travaillèrent à la rafraîchir une fois de plus. La dernière fois, Roland confectionna deux autres têtes ce qui portait à quatre le nombre de mannequins pour le grand soir. Ils se regardèrent et, sans rien dire, Manu forma une cinquième tête. Geo ne le vit pas, il lisait. L'avant-veille ils avaient reçu de l'argent liquide, artistiquement caché dans les vivres d'un colis. Cinq billets de mille pour couvrir les premiers frais; par exemple un taxi. Geo avait donné ses mille francs à Manu.

— Cette évasion a coulé comme une source, disait Roland. On n'a pas eu à se mouiller pour toucher le matériel. Jarinc est sorti. Le froid a maintenu le tunnel. Il n'y a eu que cette histoire d'éboulement en dessous. Il va en faire une tête, Sarquiet.

Il était heureux comme un gosse. Il y avait de nombreux jours qu'ils ne s'entretenaient plus des détails de l'existence en prison. Ils ne parlaient plus aux voisins immédiats. Manu avait souffert un jour de la réflexion d'un de ses amis, rencontré à la visite médicale.

— Tu te croises les bras, avait-il reproché à Manu. Avec l'affaire que tu as sur le dos, je me demande à quoi tu penses.

Manu avait baissé la tête. Il lui en coûta énormément de ne pouvoir dire : « Dans une quinzaine je serai libre. » Il endossa le mépris, et sut que la force ne résidait pas dans la clameur, mais bien dans le silence.

— Pour en revenir à Willman, dit Monseigneur, en fin d'après-midi, je crois que nous ne devrions pas l'abandonner. Après tout, il nous a aidés. Il nous a même sauvés un certain soir.

Manu et Roland réfléchissaient.

— On pourrait voir..., dit Manu.

— Je peux le cacher dans un coin de campagne, dit Roland. Avec son air de sainte nitouche et sa canne, il fera un respectable convalescent.

— Je lui donnerai un peu d'argent, dit Manu. Je préfère ça que de le présenter à quelqu'un. C'est réglé, tu es content? ajouta-t-il, tourné vers Monseigneur.

— Très content, dit Monseigneur. J'ai des vieux principes, tu comprends. Un peu maniaque si tu préfères. Ça me donnait une impression d'inachevé, de pas net...

Willman avait embrassé Christiane sous l'œil attendri d'un robot dernier modèle, un robot sentimental. Elle lui avait chuchoté qu'elle était sage, qu'elle l'attendrait, qu'il patiente, que des gens très bien placés lui donnaient l'assurance que l'affaire s'arrangerait au mieux. Son juge s'était montré gentil; il avait plaisanté avec son avocat. Que demande le peuple? Willman trouvait chacun favorablement disposé à son endroit. La terre clémente l'accueillait. En de tels moments, il fondait de tendresse. Il lui semblait qu'on avait des égards pour sa prestance et sa canne. Il arborait une claudication aristocratique.

Au retour, le garde mobile le boucla seul, dans une cage du panier à salade. Chaque autre cage coinçait deux hommes. C'était le dernier panier, avant celui encore plus tardif qui reconduisait les jugements d'assises.

Mais, au moment du départ, une surveillante de Fresnes monta avec une détenue qui dépendait à la fois de la cour de justice et du tribunal « correctionnel ». L'instruction s'était éternisée. La voiture de Fresnes était rentrée. La convoyeuse passait donc par la Santé, d'où elle prendrait une voiture pour Fresnes.

Gentillette la détenue, la surveillante aussi et le garde la connaissait vaguement. Avec une belle désinvolture, il enferma la fille avec Willman. Il adressa un clin d'œil à la surveillante.

— C'est un aristo, dit-il.

Et ainsi, seuls dans le couloir de la voiture, ils pourraient bavarder un bout.

Il faisait sombre dans la cage. Willman était muet de surprise. La fille semblait à l'aise. Le départ les jeta l'un contre l'autre. Elle avait la bouche froide. Ils s'agitèrent, entraînés par une houle intérieure. Il farfouillait dans ses vêtements d'hiver, s'acharnant à découvrir un corps. Ils ne parlaient pas. Il collait avidement sa bouche sur toute la surface de peau nue, le visage, le cou. Les mains de la fille s'égaraient. Ils connaissaient la fébrilité malhabile des adolescents.

— Tu veux que je t'aide? murmura-t-elle.

Il soufflait court. Dans un besoin d'aimer n'importe

quoi, pourvu que cela vive contre soi et que ça bouge, il eut un petit râle. Il chavirait.

— Je t'aime, dit-il.

Il eut honte de mêler Christiane à cet instant. L'apaisement le ramena à la déception dégagée par les contacts trop physiques. Lorsqu'on ne se retrouve que pour faire ça, en le sachant par avance.

Le garde lui ouvrit, et il évita de la regarder en sortant. Elle avait peut-être un dégoût plus vif que le sien. Il avait la tête creuse et son corps lui sembla appartenir à un autre; il se demanda ce qu'il faisait en ce lieu, avec cette canne. Il regarda la main qui en serrait le manche, et ne reconnut pas la couleur de sa peau.

Il se trompa de galerie après le grand rond-point, échouant dans une division en cul-de-sac.

— Qu'est-ce que vous foutez là? dit une voix derrière lui.

Sa réponse sembla douteuse au surveillant qui le conduisit au kiosque, devant les brigadiers. Un attroupement se forma autour de lui. Il avait le visage en feu. Ils lui prirent son mandat de dépôt.

— Je l'ai trouvé à la 4, dit le gaffe.

La 11-6 était à l'autre bout de la prison.

— J'ai bien envie de le flanquer au gniouf, dit un brigadier.

Willman écoutait comme dans une brume. C'est alors que parut Sarquiet. Il rejoignait son bureau en compagnie d'un civil. Il s'approcha. Les uniformes saluèrent le directeur, avec force grimaces. Il dévisagea Willman, et se fit expliquer. Avec le temps, Willman récupérait et il se montra très à l'aise dès que Sarquiet le questionna personnellement.

— Monsieur le directeur, vous comprenez, l'émotion, retour d'instruction, ma famille, etc.

Sarquiet trouvait ce garçon très distingué. Il l'interrogea sur son délit.

— Oui, oui, très bien. Je vois. Vous vous en tirerez certainement. Vous valez mieux. A propos, avec qui êtes-vous en cellule?

Willman cita les noms.

— En effet, disait Sarquiet, je connais. Fichtre! Darbant, Borelli et Vosselin. Belle brochette. Enfin, ça va? Vous vous entendez?... Bon. Pas de bataille surtout...

Sarquiet s'adressa à un brigadier.

— Ramenez-le à la 11-6, dit-il. Allez, au revoir, Willman. Conduisez-vous bien, et demandez mon audience quand vous voudrez.

En partant, Sarquiet marmonnait encore : « Peste! Darbant, Borelli... »

Willman soupirait d'aise. Ce directeur était formidable. Il en cassa les oreilles de tous, une fois dans la cellule. Il ne parla pas de l'aventure du panier; les plaisanteries sur ses fonctions intimes le gênaient horriblement. On peut se tromper de galerie en dehors de la bagatelle.

— On le connaît ton Sarquiet, dit Monseigneur. Il joue les empereurs.

— Enfin, sans lui, j'allais au cachot, dit Willman.

« Le voilà amoureux du directeur, heureusement que nous partons ce soir ou demain », pensa Manu.

A force d'habitude, ils circulaient dans les conduites à air chaud, avec aisance. Le chantier était à plus de cent cinquante mètres de la cellule. A l'entrée du tunnel, Roland prit le sablier, et Manu une barre à mine. Ils s'engagèrent avec inquiétude dans le tunnel dans la crainte d'un éboulement à déblayer. Non. Le passage était net. La muraille en briques ne résista pas longtemps. De l'autre côté, le sol était de plus en plus humide. Ils avancèrent en retenant leur souffle. Dans le silence, un clapotement vint jusqu'à eux.

— L'égout, souffla Roland.

Et la grille se dressa devant eux, superbe de rouille, moyenâgeuse. Manu posa la chandelle sur le sol. De l'autre côté de la grille, les trottoirs de l'égout collecteur luisaient doucement. Ils passèrent leurs bras à travers la grille, appuyant leur front contre les barreaux gluants.

— Nos mains sont déjà libres, murmura Manu.

Elles se rencontrèrent, se crispèrent les unes dans les autres.

— Merci, mon Dieu, dit Roland.

Ils se désunirent lentement et s'écartèrent pour considérer l'obstacle. Un croisillon de grosses traverses multiples. Roland calculait.

— Dans un enchevêtrement pareil, il faut huit coupes pour passer le corps, dit-il enfin, et ce sera long, car il faut scier droit, à ras des traverses horizontales.

S'ils pouvaient ménager le passage avant l'aube, ils s'enfuieraient cette nuit même. Ils y pensaient en sciant chacun leur barreau. De temps à autre, ils s'arrêtaient pour écouter ou pour renverser le sablier dont Manu tenait comptabilité à l'aide de petites encoches sur un barreau voisin. Une ronde d'égoutier s'entendrait de loin. D'ailleurs, ils n'y croyaient pas; ils agissaient fiévreusement, si proches du but qu'il leur semblait impossible d'en être privés.

— Déjà vide..., fit Roland en renversant le sablier une fois de plus.

Les lames de scie ne pénétraient que lentement dans la matière. Dès que le va-et-vient engourdissait l'épaule, les scies donnaient l'impression de se coincer; alors, l'un ou l'autre se penchait sur l'entaille et soufflait pour la débarrasser de la limaille, en fermant les yeux.

Pour éviter de perdre du temps en allées et venues, ils ne se firent pas relever par Geo et Monseigneur. Dans la cellule, ils devaient tous penser à ce chemin qui s'ouvrait devant eux, à Manu et Roland qui remonteraient les chercher.

Le sablier ne tenait aucun compte de leurs efforts. Ils avaient tellement besoin d'un ralentissement dans la fuite du temps, qu'ils firent semblant de ne pas voir que le sable ne tombait plus. Il n'y avait que trop d'encoches, « témoins » du nombre de sabliers, et ils fraudaient pour ne pas y ajouter. Ils ne se trompaient qu'eux-mêmes, comme l'étudiant qui accède à un succès passager en trichant. Il leur fallut abandonner le chantier alors qu'il ne restait plus qu'une heure de travail. Ils s'étaient usés vainement contre la nuit.

Ils effacèrent les traces de leur piétinement devant la grille, et rétrogradèrent. Une fois franchi, le tunnel en arc de cercle les coupa du bruit de l'égout, de son odeur, de son humidité, comme si tout cela n'avait jamais existé. Ils mangèrent les pommes qui restaient, et posèrent le sablier sur la planche nue. Ils ne l'utiliseraient plus.

— Nous le laisserons là, dit Manu, devant ce bloc de béton. C'est là qu'ils le trouveront comme un emblème. Les chandelles aussi.

Ils avaient vaincu l'obscurité et contrôlé le temps avec des procédés si anciens qu'ils leur paraissaient irréels. Ils les regardaient comme si une forme mystérieuse les avait déterrés et ramenés à contre-courant à travers les siècles, jusqu'à cette planche.

Ils se remirent en marche en direction de la 11-6. Ils faisaient le chemin dans ce sens, pour l'avant-dernière fois; la nuit prochaine, ils achèveraient de scier la grille et remonteraient chercher leurs amis. Ils s'arrêtèrent quelques minutes, dans la petite cave, sous le plancher de la première cellule; pour la dernière fois, car demain soir ils n'en auraient ni l'envie ni le temps. Il faisaient les choses, soit pour la dernière fois, soit pour l'avant-dernière. Ils le ressentaient, un peu comme on achève une année, ou un long séjour dans un lieu que l'on ne reverra pas. La pensée de Manu était pleine de Solange, ainsi qu'à l'époque de leur rencontre, lorsque son désir d'en parler était si exigeant qu'il en soliloquait.

— Tu la verras, confia-t-il à Roland. Elle n'est pas jolie à t'éblouir, comme certaines filles, mais son charme est si particulier que tu ne te souviens plus que d'elle sur la terre.

La passion de Manu apparaissait très pure à Roland. Il souhaitait à son ami tout le bonheur possible, et il savait déjà qu'il l'aiderait dans toute sa mesure.

— Tu sais où la trouver dès demain soir? demanda-t-il.

— Oui, répondit Manu. Elle est à Paris en ce moment.

Roland passa ses mains au-dessus de la chandelle, pour les réchauffer.

— Avec les mannequins, nous aurons plusieurs heures d'avance, assura-t-il. Ils ne doivent s'apercevoir de l'évasion qu'à sept heures du matin, et nous serons partis depuis dix heures du soir. Tu pourras la voir une première fois sans aucun risque.

« Et ensuite, nous verrons », pensa Manu. Tout dépendrait de cette première fois.

— Et toi? questionna-t-il.

— Elle est en province avec les gosses, dit Roland. Tu sais, nous ce n'est déjà plus pareil. Avec les enfants, ça change. Elle préférera me savoir très loin, en sécurité. Ce n'est qu'une question de huit à dix mois, peut-être un an, dans mon cas. Et l'amnistie me sauvera. Mais amnistie ou pas, je serai toujours libre.

Roland pouvait vivre partout à l'aide de ses dons manuels et de ses connaissances techniques. Pour Manu, c'était différent; il avait une bonne filière de faux papiers et projetait d'acheter un petit commerce dans un centre colonial. Il ne possédait peut-être plus assez d'argent, même en raclant les fonds de tiroir, mais un homme en fuite n'en est pas à une agression près. Monseigneur avait lui aussi besoin d'argent, et ce n'était pas les encaisseurs, ni les dépôts qui manquaient dans la capitale. Bien qu'ils n'y tiennent pas, ayant surtout soif de sécurité, de stabilité, d'une existence normale tout en la sachant en marge. Une vie d'homme traqué ne devient possible qu'avec l'oubli partiel des recherches dont elle fait l'objet. C'est une question de nerfs.

La continuité était à ce prix.

— Enfin, nous verrons bien, clôtura Roland.

Peu après, ils tirèrent pour l'avant-dernière fois sur la ficelle-signal.

— Ça va, dit Monseigneur aussitôt. Ils viennent de passer.

Ils remontèrent, remirent tout en place, et se couchèrent. Personne ne dormait, sauf Cassid; du moins, était-il tourné contre le mur.

— Encore une heure de boulot, dit Roland. Ce soir à dix heures, nous serons en ville.

Ils ne réagirent pas sur le moment. Dans leurs pensées, ils caressaient le but depuis des semaines. La longueur de l'attente avait supprimé l'émotion de l'heure H. Ils en avaient trop parlé, ils l'avaient trop vécue, un peu comme l'on s'habitue à un narcotique à force d'en user.

Cette journée qui commençait était la dernière. Ce n'était pas leur jour de promenade; donc ils n'iraient plus dans les cages de plein air. Sauf Cassid, demain. Il ne posa aucune question sur les résultats de la nuit. En les écoutant parler, il apprit qu'ils s'évaderaient le soir même. Il s'efforça au vide, chercha à retrouver cette sensation de flottement dans l'éther qui lui était propre, l'aidant à souffrir. Il n'y parvint pas et se dit que peut-être, il n'y accéderait plus jamais.

Ils jetèrent le café. Ils manquaient d'appétit et n'éprouvaient pas le besoin de parler. Roland et Manu récupéraient leur nuit blanche, par secousses. Des bribes de sommeil d'une heure, avec l'impression de couler à pic, d'où ils émergeaient comme des somnambules, pour sombrer à nouveau.

Willman et Monseigneur étaient assis, les jambes enveloppées dans les couvertures. Ils n'avaient plus à se tourmenter pour l'évasion, mais les soucis de l'existence de demain les assaillaient. Monseigneur avait déjà connu les deux manières de sortir de prison : la légalité, et l'évasion. L'homme rendu à la liberté ne connaît pas la joie débordante que l'on imagine. Dans les derniers jours, il devient taciturne, inquiet au sujet de la vie qui l'attend derrière la porte. Si celui qui s'évade a des motifs supplémentaires de se tracasser, il n'empêche que son état d'âme rejoint celui de l'homme relâché à la fin de sa peine.

Ceux de la 11-6, débarrassés de l'anxiété de l'échec, ne se débattaient plus que contre l'incertain de demain. Manu et Roland étaient réveillés. Monseigneur avait partagé le reste des vivres et chacun mangeait par habitude, les pensées ailleurs.

Le surveillant avait distribué le courrier; une seule lettre pour Willman. Après sa lecture, il la joignit au paquet de lettres et de papiers qu'il projetait d'emporter. Ils avaient tous préparé ce qu'ils ne voulaient pas abandonner derrière eux. Monseigneur ne possédait que ses médailles; il n'avait même plus de chemise convenable. Il en avait deux qui se complétaient; il les utilisait ensemble pour les grands jours. Celle qu'il revêtait la première avait des manches en bon état. La seconde, au contraire, ne valait que par le col. Il en avait coupé les manches et l'enfilait par-dessus l'autre. Elles étaient du même bleu, ou presque. Cet homme qui manquait de tout et qui ne pourrait pas travailler légalement, n'était pas une bonne affaire pour la société. Manu le lui dit en plaisantant.

— Que veux-tu, ils me supporteront, répondit Monseigneur. Et si ça marche bien du premier coup, ensuite j'arrête.

— Et si ça ne marche pas bien? demanda Willman.

Monseigneur éleva le bras à demi : « Si ça ne marche pas bien... », fit-il, et il laissa retomber son bras.

« Qui cela concernait-il, si ça ne marchait pas bien? » se

demanda Manu. La mort sans doute, et peut-être pour plusieurs personnes, puisqu'en cela résidait la fin de toutes les situations insolubles. Depuis que la terre tournait avec des hommes dessus, la mort avait réglé des problèmes de tous ordres et de toutes tailles.

— Nous resterons ensemble, dit Manu, et tu verras que les extrémités ne sont pas des obligations. On peut louvoyer dans une moyenne. Ceux qui vont nous traquer se servent de leur matière grise. Il faudra réfléchir davantage qu'eux, penser à leur place. Là est le secret.

— Absolument, dit Roland, ceux qui cherchent n'ont rien inventé. Ils ne profitent que des erreurs de ceux qui se cachent.

Ils pensaient à leur évasion depuis son début. Voilà un mois qu'ils bernaient trois cents surveillants et le système de sécurité.

Geo était gêné par la perspective des embrassades de ce soir, quand ils viendraient un à un le trouver avant de s'enfuir. Il ne pouvait décemment faire semblant de dormir comme cela lui arrivait souvent. Pas un soir comme celui-là. D'ailleurs, la fermeture approchait, et il restait un détail à régler.

— Il faudrait que vous me ligotiez, avant de partir, prononça Geo.

Il était muet depuis le matin, et cela leur fit drôle d'entendre le son de sa voix.

— Ne compte pas sur moi, dit Monseigneur. Même si ça doit suffire à berner tous ces cons, je préfère qu'à la dernière minute tu foutes le camp.

— Oui, appuya Roland, tu peux même partir trois ou quatre heures après nous.

Willman savait que Geo ne faisait aucun cas de son avis.

— Tu verras peut-être plus clair en toi quand nous serons partis, lui dit-il cependant. Alors pourquoi t'entraver?

Geo ne répondit rien. Il jugea inutile d'argumenter, regrettant même d'avoir pensé à se protéger aussi faiblement contre l'administration. Mais il fut heureux, sans restriction, d'entendre Manu :

— Je t'attacherai, dit simplement ce dernier.

Personne n'ajouta une parole. A une heure de la fuite,

après avoir vécu des semaines, et certains des mois ensemble, avoir tout risqué, tout espéré, ils étaient encore séparés par d'ultimes décisions. Déjà, ils partaient à quatre au lieu de cinq, et leurs idées sur les dangers futurs et la manière de les surmonter étaient différentes. Dans quel antre se dissimulaient les circonstances susceptibles de cimenter cinq malheureux hommes? « Sans parler d'une foule, pensa Manu, mais seulement cinq petits hommes. » Il n'y avait sans doute rien à espérer de ce côté.

Ils prirent la soupe et la jetèrent dans le water. Ce soir, elle était épaisse; elle s'agglomèra à des papiers, entassés là, à la suite d'un triage de lettres inutiles, obstruant l'écoulement.

— C'est bouché, dit Monseigneur.

Ils s'esclaffèrent. Cela ne les concernait plus, même pas Cassid qui échouerait au cachot dès le matin.

En attendant la fermeture imminente, ils se couchèrent. Cette fois, le moment approchait vraiment; ils y touchaient, et leur cœur connaissait un rythme nouveau. Manu regarda le water et pensa qu'il ne souffrirait plus de cette promiscuité des fonctions intimes. Il s'était toujours levé la nuit. Mais, parfois, et surtout ces dernières semaines, il ne le put.

La liberté signifiait la fin de cette gêne indicible. La liberté s'étendait à tout. Le désespoir qui pousse le prisonnier au suicide n'est, le plus souvent, qu'une trame de détails de ce genre. Les hommes libres n'apprécient pas leur richesse. Lui, Manu, n'oublierait pas, en se frottant contre la foule d'un boulevard, que la richesse d'un homme consiste avant tout à pouvoir traverser la rue, s'asseoir sur un banc.

Le surveillant préposé à la fermeture ouvrit la porte. Il n'était pas seul. Grinval entra, une liste à la main. C'était un brigadier jeune, sympathique, intuitif, avec un sens viril et simple de l'équité qui entrait déjà dans la légende. Il s'occupait de transfèrement, d'extraditions.

— Bonsoir, les gars, dit-il.

Son regard s'arrêta sur Manu, qu'il connaissait particulièrement.

— Tiens, tu es là, fit-il.

— Content de vous voir, répondit Manu. Une cellule ou une autre, vous savez... Mais il y a un bon moment que vous ne veniez plus dans le secteur.

— Tu sais ce que c'est, dit Grinval, toujours par monts et par vaux... — Il se retourna vers le surveillant qui attendait sur le pas de la porte. — Ça va, mon vieux, lui dit-il, je refermerai.

Maintenant Grinval regardait Cassid et les autres.

— Nous nous connaissons, dit-il à Roland. Darbant, n'est-ce pas? — Roland acquiesça. — Et aussi ce vieux brigand de Vosselin, continua Grinval les yeux sur Monseigneur. Toujours solide, il me semble. Pas d'alcool, pas de femmes; un régime de centenaire...

Ils se demandaient ce que Grinval désirait, sans s'inquiéter outre mesure. Si sa présence, bien qu'insolite, n'installait aucune menace, cela provenait de la sympathie qu'il dégageait. « Gentil ou non, pensa Manu, il est là et il ne devrait pas y être. »

— Eh bien donc, je suis venu pour l'un de vous deux, sourit Grinval, en regardant Willman et Geo.

« Pourvu que ce soit Geo, pria Monseigneur. Avec lui on est tranquille. » Il pensait à cette liberté si proche; deux heures à peine, et il retrouverait les passages cloutés.

— Willman? interrogea Grinval.

Il s'était levé gauchement. Il avait peur et ça se voyait.

— On ne va pas loin, fit Grinval. Habille-toi comme pour descendre au parloir des avocats.

— C'est pour quoi? demanda Willmann, la voix changée.

Grinval sembla hésiter une seconde.

— Gardez-le pour vous, confia-t-il, c'est la police. Des questions sur ton affaire sans doute.

Willman ne parvenait pas à lacer ses chaussures.

— Mais enfin, il a un juge d'instruction, dit Manu.

— Tu sais, toutes leurs histoires..., fit Grinval.

Willman cherchait sa canne. Il la trouva au pied de la paillasse, à demi dissimulée sous une couverture débordante.

— Je préfère que tu la laisses dans la cellule, dit Grinval.

— Mais j'y ai droit, affirma Willman. Je boite et ils m'ont donné un papier.

Il amorça le geste de fouiller dans sa poche.

— Ce n'est pas la peine, répondit Grinval. Je te crois, mais j'aime mieux que tu la laisses ici. Ce n'est pas loin, nous marcherons lentement.

Willman se pencha pour récupérer son mouchoir qu'il plaçait sous une sorte d'oreiller. Sa tête frôla celle de Manu.

— Planquez tout, murmura-t-il dans un souffle.

Il se redressa.

— Allez, bonne nuit, les enfants, dit Grinval de sa voix chaude. Vous ne me reverrez pas. C'est le service de nuit qui le ramènera.

— A un de ces jours, monsieur Grinval, dit Manu.

— C'est ça..., dit encore Grinval avant de refermer la porte.

Chacun revint séparément de sa stupeur.

— Vous ne savez pas ce qu'il m'a dit..., expliqua Manu. « Planquez tout... » Avec cet air théâtral des incendiaires qui ameutent les pompiers.

— Tu sais comme il est embrouilleur, dit Monseigneur. Il a dû raconter un tas d'histoires à l'instruction et le juge se noie. Alors il adresse des commissions rogatoires un peu partout; il suffit d'un parquet de province qui fasse du zèle, qui veuille lui aussi sa petite commission rogatoire particulière et on envoie la flicaille au client.

— C'est peut-être une nouvelle affaire, dit Roland. Il m'avait parlé un jour d'une escroquerie à Versailles.

— La vie est chère avec Christiane, ironisa Geo de son coin.

Manu regardait la pile de cartons.

— Ecoutez bien, dit-il. De tout ça, je n'en crois pas un mot. Je risque ma tête et je veux partir. Il reste une heure de travail, et même s'il est en train de nous vendre, j'ai une petite chance de passer.

Il avait parlé très vite.

— Ne t'emballe pas, dit Roland. Pourquoi nous vendrait-il? Il est aussi anxieux que toi de partir. D'abord qu'est-ce qui te fait penser à ça? la police?

— Justement non, dit Manu. Si je croyais à cette histoire de police, ce serait impeccable. Mais je crois surtout qu'en ce moment il est dans le bureau du directeur. Vous ne connaissez pas assez ce Sarquiet; il a pesé Willman en cinq minutes, et il ne lui a pas demandé pour rien avec qui il cohabitait en cellule. Ce soir, il l'appelle pour bavarder un peu. Qu'est-ce que tu en penses? demanda-t-il à Geo.

Ce dernier s'appuya sur son coude, l'oreille posée sur la paume de la main.

— Si c'est la police qui l'interroge sur une affaire quelconque, répondit-il, vous n'êtes pas en cause. Mais si c'est Sarquiet qui le tâte sur la cellule, vous êtes perdus. Ce Willman est glandulairement faible. Rien qu'en lui parlant Sarquiet réalisera que les choses ne tournent pas rond et il le passera à la douche écossaise. C'est suffisant pour Willman. Voilà mon avis.

— Ça se tient, dit Monseigneur, mais pourquoi parler de Sarquiet, alors que Grinval est venu pour le conduire dans un parloir d'avocats où l'attendaient un ou deux scribouillards? D'ailleurs il nous l'a dit.

— Grinval est malin comme un singe, dit Manu. Et

maintenant que j'y réfléchis, je me demande ce qu'il foutait
là. Il y a d'autres bricards de service. Lui, entre deux transferts, il travaille du côté du greffe. Mais pour donner le
change, c'est le plus fort et Sarquiet le connaît. Grinval
savait qu'à un moment Willman ou un de nous lui deman-
derait : « C'est pourquoi ? » Alors il a fait semblant d'hésiter
pour parler des flics. Je le connais, ce type. Il est humain,
tout ce qu'on voudra, mais ce n'est pas notre complice. On
n'a que trop tendance à oublier ce que nous sommes. C'est
un fonctionnaire, et nous, des futurs bagnards. Il est gentil,
il empêcherait qu'on nous torture, mais il n'est pas d'accord
pour que nous retournions dans la vie ce soir. Sarquiet lui
a dit : « Allez chercher Willman et que les autres ne se
doutent de rien. » C'est du travail bien fait.

— Il n'a pas voulu qu'il emporte sa canne, dit Roland,
à cause des policiers. Il ne connaît pas ce Willman. S'il
pique une crise et frappe un enquêteur d'un coup de canne,
le préfet de police demandera à la pénitentiaire pourquoi
on laisse une arme dans les mains d'un inculpé. Non, il
s'agit bien de policiers, comme l'a dit Grinval.

— C'est un coup de vice, coupa Manu. Je l'ai déjà vu à
l'œuvre — il marqua un temps d'arrêt. Je veux partir!
poursuivit-il. Si vous ne voulez rien comprendre, restez.

Il se leva pour essayer de déplacer la pile de cartons. Il
n'y parvint pas. Personne ne bougeait; ils étaient toujours
à demi allongés, le haut des épaules appuyé au mur.

— Grinval n'est qu'un petit gradé d'une administration
au niveau plus que bas, dit Roland d'une voix calme. Tu
lui prêtes une trop grande finesse.

« Ça veut dire que je me trompe, pensa Manu en les
regardant. Que Willman est à la police, qu'il va rentrer bien
gentiment, que nous nous évaderons ce soir, et qu'en ce
moment je fais le pitre. Voilà ce qu'ils s'imaginent. » Il se
recoucha.

— Grinval n'est pas à sa place, dit-il simplement. Ça
arrive dans la vie. Il vaut mieux que ce qu'il fait. Je vou-
drais me tromper sur la canne et sur le reste.

— Tu disais que tu risquais ta tête, prononça Monseigneur. Moi aussi et tu le sais. Je ne t'ai pas aidé à pousser
la pile de cartons, car, si tu admets que Willman est chez

Sarquiet, en train de nous vendre, il faut que tu admettes aussi que Grinval soit déjà devant la grille de l'égout. Donc, c'est inutile que tu te déranges.

— Et dans le cas contraire, enchaîna Roland, si Willman parle de son délit avec les flics, devant une machine à écrire, nous partirons tout à l'heure, tous ensemble. Voilà pourquoi je ne bouge pas. Car il n'y a rien d'autre à faire que de rester couchés.

Les rondes se succédaient normalement chaque quart d'heure. Ils n'échangeaient plus une parole; le sujet épuisé, ils attendaient Willman duquel tout dépendait.

Vingt et une heures n'étaient pas sonnées quand il rentra. Il était demeuré absent un peu moins de deux heures. Les surveillants de nuit refermèrent la porte et s'éloignèrent normalement. Tout paraissait calme, serein. Les yeux de Roland, de Geo, de Manu et de Monseigneur s'érigeaient en tribunal. Willman eut l'impression qu'un mur supplémentaire rétrécissait pour lui seul le métrage de la cellule. Il reçut le poids des regards; il s'alarma.

— Mais qu'y a-t-il, qu'avez-vous? demanda-t-il.

Ils ne pouvaient s'empêcher de le dévisager. Tout était en lui. Ils avaient en face d'eux l'emblème d'un exaltant bonheur ou d'une souffrance infinie, suivant qu'il venait de les trahir ou non.

— Couche-toi, indiqua Manu d'une voix neutre. On t'expliquera après.

Les moindres gestes de Willman subissaient la censure des regards. L'incertitude aidant, il vivait une émotion aggravante. Ses attitudes, promues par avance à la suspicion, confirmaient ce qu'ils attendaient d'elles. Il se coucha et le geste à peine achevé, peureux presque, dont il se servit pour tirer une couverture sur son corps, fut interprété comme il se devait.

— Ça c'est bien passé pour toi? débuta Manu.

— J'ai eu peur, au début, répondit Willman d'une voix qui sonnait juste. Tu sais comment ils sont. Ils faisaient un tas de mystères. A vrai dire, je ne suis pas directement en cause.

Il se mit à dévider un fil inattaquable, concernant un fait nouveau qui intervenait dans le dossier de son affaire.

« Ou il est très fort, ou je deviens idiot », pensa Manu. Il regarda Monseigneur et les autres; il lui sembla qu'ils se détendaient, qu'ils soupiraient d'aise. Il se trouva seul à douter et décida de crever l'abcès.

— Je ne vais pas te faire un discours, dit-il, dès que Willman eut terminé. Je crois que tu viens du bureau de Sarquiet.

Willman ouvrit la bouche sans prononcer un son, dans un « oh! » de stupeur. Manu suivit son idée :

— Si ce soir Sarquiet a décidé de te faire appeler, tu n'es pas responsable. Grinval nous raconte un boniment pour que nous ne sachions pas que tu vas chez Sarquiet, c'est dans l'ordre. Il ignore ce que tu vas y faire; un mouton, ça se protège. Mais toi, tu n'as qu'une seule raison de broder sur des policiers que tu n'as pas vus, c'est que tu as peur de nous parler de Sarquiet à cause de ce qui s'est passé entre vous.

Manu s'arrêta. Willman était blanc. Le silence intervenait comme un sixième homme. Il était trop lourd pour être supporté et la voix de Manu le chassa.

— Tu nous as vendus, dit-il sans passion.

Une fois exprimée, la pire calamité devenait plus atroce, encore plus définitive.

— Vendus?... fit Willman, en écho. Il se retourna vers les autres. — Ce n'est pas possible, balbutia-t-il. Dénoncés... Et vous aussi, vous croyez ça?

Ils ne répondirent pas.

— Toi, Roland, implora Willman, tu crois que je vous ai livrés, que je t'ai livré? C'est affreux..., dit-il encore; et sa voix tremblait.

— J'ai laissé parler Manu afin qu'il purge son inquiétude, dit Roland. Mais j'étais contre, nous sommes contre.

— Merci, dit Willman.

Le son était à peine perceptible. Des larmes perlaient sous ses paupières lourdes. Elles débordèrent, roulèrent sur son visage subitement vieilli, laissant derrière elles des traces brillantes. Elles mouraient les unes après les autres, au coin de sa bouche, dans un frémissement de toutes ses lèvres. Il ne cherchait pas à s'essuyer les yeux. Cette douleur muette agissait sur Manu. Elle le surprenait.

— Ce n'était pas logique de penser ça, dit enfin Monseigneur; il nous a aidés, et un soir il nous a sauvés. On ne devait pas l'oublier...

Geo écoutait ses amis sans réfléchir. A l'extérieur de la cellule, il s'était passé certaines choses qui échappaient au contrôle. Ils n'étaient plus maîtres de la solution; ils vivaient dans un lieu d'attente. Dans quelques heures, tout serait dénoué, d'une façon ou de l'autre. Les raisonnements n'y changeraient rien. Willman s'était levé pour boire et se passer de l'eau sur le visage. Il se recoucha.

— Je savais qu'il s'établissait parfois des différences entre vous et moi, mais d'en être arrivés à me mépriser à ce point, dit-il en regardant, me . laisse sans force. Me croire capable d'anéantir toutes ces raisons de vivre : Monseigneur et sa fille, Roland et ses gosses, toi et cette vie qu'ils te prendront peut-être si tu restais là. Sans parler de mes intérêts personnels. Et puis cette lutte menée ensemble, ces terribles nuits... — Sa voix s'enrouait à nouveau. — Vraiment, c'était la dernière des choses... c'est si injuste...

Roland et Monseigneur se sentaient gênés pour Manu. Le temps s'écoulait et ils ne pouvaient rien entreprendre dans un climat si péniblement divisé. D'ailleurs Willman semblait marqué par l'accusation de Manu, au point d'en oublier l'évasion.

— Ecoute, dit Manu dans un effort. J'ai cherché la vérité sincèrement. Plus je te regarde, plus je ne demande qu'à te croire. — Il posa sa main sur le bras de Willman. — C'est dur de douter, tu sais. Maintenant nous allons courir un grand risque ensemble. Nous serons seuls contre les gens, contre toute une population. Je te demande d'oublier ce que je t'ai dit.

Une force les poussa l'un vers l'autre et ils s'embrassèrent comme le font ceux qui se pardonnent, dans la joie de rompre avec l'hostilité.

Willman se mit à tenir énormément à ces garçons, à les aimer. Il craignit pour eux, dans un oubli de soi, et quand il leur dit : « Ne descendez pas ce soir. En traversant les couloirs, la prison m'a semblé inquiétante », Manu lui demanda des précisions avec reconnaissance, dans le sentiment qu'il découvrait un Willman tout neuf, pur.

— Je ne sais pas au juste, répondit-il. J'ai comme une peur en ce moment.

Depuis des semaines qu'ils pataugeaient dans l'angoisse, leur résistance émotionnelle était réduite au néant. Ils croyaient tous en Willman, après en avoir douté plus ou moins, et cette réaction les vidait de leur force, comme ceux qu'un danger de mort vient de frôler, et qui ne le réalisent que l'instant d'après.

— D'ailleurs, il est tard, dit Roland.

Ils avaient la secrète impression de ne pas posséder tous leurs moyens.

— Un soir de plus ou de moins, dit Monseigneur.

L'instinct guide les hommes d'action; ils s'en rapportent à lui dans les cas extrêmes.

C'était bien ce que pensait Geo; ils avaient discuté pour en arriver à se jeter dans les bras de l'attente. Quatre murs et une porte, c'est le domaine de l'attente. La leur serait de courte durée, à présent, dans le cycle de cette aventure. Mais le temps s'inscrivait au-dessus de toutes les aventures.

— Demain, il fera encore jour, dit Geo.

Ce soir, sa maxime n'appelait le sommeil que pour lui seul. Il se retourna contre le mur, tandis que Monseigneur s'épanchait dans un incontrôlable besoin.

— Il nous arrive tout ça, sans doute pour qu'on s'en souvienne davantage, dit-il. J'ai un vieil avocat, un ami presque depuis le temps, qui connaît ma vie mieux que moi. Il y a des signes dans une vie, des appels, et ceux qui ne les comprennent pas ne sont jamais heureux, m'a-t-il dit souvent.

— Et tu n'as jamais été heureux? demanda Willman.

— Je dois remonter très loin pour trouver un peu de bonheur, continua Monseigneur. J'ai réfléchi davantage, ces jours-ci. Il me semble que depuis que j'ai tiré un calibre [1] de ma poche, je n'ai jamais plus été heureux.

Manu pensa à une phrase de Dostoïevski : « Mais, mon ami, on ne peut pas vivre absolument sans pitié. »

Ils écoutaient Monseigneur avec une sorte d'angoisse; ils

1. Revolver.

sentaient qu'il n'atteindrait plus le bonheur, ni aucune paix sur cette terre, et qu'il le savait. Il se retrouverait encore le revolver à la main. Tout était joué depuis longtemps à ce sujet. Il subissait les caprices d'une ornière profonde, comme on en rencontre dans les chemins creux de campagne à la suite du gel. Il parla de son oncle l'évêque, en des termes favorables, dans une sorte de remords d'avoir souillé un nom.

— Et malgré tout, il s'est toujours manifesté d'une manière ou de l'autre, jusqu'à hier. Quand j'étais gosse, il m'imposait. J'en avais un peu peur. Mes parents s'en servaient comme d'un croquemitaine pour essayer de me faire obéir. « Tu vas voir, on va aller le chercher et il t'emportera avec lui, très loin. » Il venait souvent voir mon père malade. Alors je me cachais. Quand mon père mourut, il était là. Il m'a regardé longtemps... Il est très vieux maintenant, murmura-t-il.

« Tant pis », dit-il encore.

Le terme juste concrétisait la rançon d'une liberté usurpée par la force. Il serait trop simple de n'avoir qu'un trou à percer pour annuler les actes, comme on efface un trait de crayon léger sur une page blanche.

Willman parla de Christiane. Manu faiblit jusqu'à évoquer Solange. Ils poétisèrent les jeunes femmes, les rendant presque irréelles. Ils se rejoignaient dans un amour de même qualité. Roland parla seulement de sa dernière née; il ne l'avait pas vue naître, et sa femme habitait trop loin pour venir au parloir. Son cœur frapperait à grands coups quand il élèverait le petit corps au-dessus de sa tête, à bras tendus, pour le contempler avant de le serrer contre sa joue rêche et durcie par l'attente. Ils parlèrent un peu de leurs avocats, de certains moments plus accentués, plus vrais qui passaient au-dessus du fossé social.

Manu n'avait conservé que des lettres d'amour de Solange et quelques missives familiales. Il avait détruit tout le reste, sauf la lettre d'un jeune avocat qui prenait le dossier en charge dans cette période terminale. « J'ai le ferme espoir que nos deux jeunesses réunies conjureront le mauvais sort », écrivait-il. Ces termes touchèrent Manu. Il était presque gêné de le charger si lourdement, de l'obliger à croiser le fer dans un duel par trop inégal. Dans la joie de s'évader, donc d'éviter les Assises, il associait ce jeune membre du barreau bien que le connaissant fort peu.

La nuit baignait dans un silence intégral. Ils entendaient les heures s'avancer dans un bruit d'horloge à la rencontre de l'aube. Ils ne pouvaient dormir, mais ne parlaient plus. Ils semblaient vivre séparément sur la langueur de leurs confidences. Monseigneur pensait aux amours qui l'attendaient. A leur pauvreté. Qui voyait juste dans ce domaine? Personne n'a pu enfermer l'amour dans une formule. Sauf des spécimens comme Geo, peut-être, pour qui tout commence au désir et tout sombre avec sa fin. En admettant que cette limite les satisfasse sincèrement. Enfin, du moment que l'on existait, il fallait vivre. Que cette vie soit une réussite ou non, pensait Monseigneur. C'était le plus clair de l'histoire.

Ce mercredi 5 février leur parut magnifique. Ils se sentaient libres les uns envers les autres, affranchis de toutes les pensées secrètes. La mise au point de la veille, les confessions de la nuit, les unissaient dans une paix qu'ils n'avaient pas encore goûtée depuis le début de leur association. La prison retentissait familièrement des bruits habituels. L'administration ne savait rien; ils l'avaient vaincue cahin-caha.

Ils avaient faim; ils mangèrent leur ration de pain, à peine distribuée. Pour ne pas avoir à nettoyer la cellule, ils ne plièrent pas les paillasses et restèrent blottis sous les couvertures, sauf Manu et Roland qui se levèrent pour se rendre à la promenade. La promenade étant facultative, il n'y avait pas grand monde car le froid sévissait. Ils bénéficièrent, pour eux deux, d'une cage de plein air. Ils allaient et venaient très vite.

— Tu vois, exposa Roland, il est déjà dix heures, et tout est calme. Ce matin, dès le réveil, j'ai pensé qu'ils pouvaient encore venir. Je n'ai pu m'empêcher de douter un peu. Pas autant que toi, bien entendu, mais un peu quand même. A cette heure, je suis certain comme de ma vie qu'ils ne savent rien. Ils ne courent pas de risque. Ils étouffent dans l'œuf dès qu'ils sont au courant. Pense, qu'ils en arrivent à séparer des gens dénoncés comme parlant d'évasion. Je les ai vus opérer souvent.

— Moi aussi, approuva Manu. Que veux-tu, je me suis

trompé. Heureusement. Ça doit venir de mon besoin forcené de m'arracher de là. On tremble toujours de perdre ce qui a le pouvoir de nous détruire.

Les surveillants faisaient les cent pas sur la passerelle au-dessus d'eux. Manu et Roland ne parlaient que lorsqu'ils s'éloignaient.

— Bientôt, nous en aurons terminé avec tout ça, dit Manu. J'ai envie de me coucher dans un lit propre, aux draps tendus et frais, et de dormir trois jours de suite.

— Dans une pièce chauffée, sourit Roland. J'en arrive à oublier qu'il existe des gens que le froid n'atteint pas.

On leur ouvrit la cage pour les reconduire en cellule. Ils marchaient en silence, animés de pensées identiques; ils longeaient ces murs pour la dernière fois.

Ils trouvèrent leurs amis en grande conversation culinaire. Ils avaient tous faim. Ils salivaient en imaginant ce qu'ils pourraient manger cette nuit même. Ils avaient des goûts très différents, mais ils mangeraient peut-être tous la même chose.

— Je connais un endroit où on te sert du gigot de mouton aux flageolets réchauffés, expliqua Roland, je ne vous dis que ça. Vous savez que c'est meilleur réchauffé...

Il avait des aspirations modestes qui évoquaient la solidité de ses sentiments.

« On doit pouvoir accéder à des petites joies aussi simples », pensa Geo.

Dès que Belleville fit irruption dans la cellule, Manu croisa une seconde la lueur gris-bleu du regard de Geo, étrange comme une brume lointaine, et chacun lut la même chose dans les yeux de chacun.

Personne n'avait entendu la serrure; Belleville, écrasé derrière la porte, avait dû manier sa clef comme de la nitro-glycérine. Il repoussa le battant derrière lui, tout doucement. Ils ne purent voir combien ils étaient. Ils n'entendaient aucun bruit, mais une écrasante impression de nombre pesa sur eux. Ils ressentaient les présences invisibles. Le brigadier était d'une taille inférieure à la moyenne, large d'épaules. Il portait des moustaches. Des moustaches périmées, à la Vercingétorix, mais on ne l'imaginait pas sans elles. « Belleville », c'était son surnom. Il connaissait bien ceux de la 11-6 et réciproquement.

— T'as les traits tirés, dit-il à Manu.

Il évoluait à l'aise au milieu des hommes presque immobiles. Il les scruta tour à tour.

— C'est incroyable comme vous avez de sales gueules, disait-il. Vous faites la bringue, ou quoi?

« Cause toujours, pensait Monseigneur. Tu nous intéresses. »

— Et toi, mon grand, disait Belleville à Willman, t'as l'air asphyxié. Et puis, ma parole, t'as la tremblote.

Willman avait un goût de mort dans la bouche. Il sentait son corps trembler des chevilles jusqu'à la mâchoire. Il la serrait pour ne pas claquer des dents. Il voulait pleurer. Il voulait Christiane. Il voulait la paix, ne plus être là. Il voulait mourir sans s'en apercevoir. Il ne voulait plus souffrir. Ne plus avoir à regarder personne, à subir personne. Il reniait ses actes, repoussait leurs conséquences à deux mains.

— Qu'est-ce qu'on va me faire? laissa-t-il échapper d'une voix blême. — Il répéta : — Qu'est-ce qu'on va me faire?

Belleville avait ramassé un morceau de carton sur le sol. Il jouait avec.

— Pourquoi crois-tu qu'on va te faire quelque chose, dit-il, hein? Pourquoi?

Le ton était léger, presque badin.

— Il dit ça, comme ça, intervint Roland. Il ne sait pas. Il vous voit, ça l'inquiète.

— Tiens! le roi de l'évasion qui retrouve sa langue, s'exclama Belleville. — Il lui tapa sur l'épaule. — Ce vieux Darbant, ça par exemple! T'es passé avocat des pauvres? Ça me fait plaisir de t'entendre quand même.

Il avait jeté le morceau de carton, enfoui les mains dans les poches de son pantalon, et se balançait sur ses jambes écartées, raidies, dans un mouvement de talon et de pointe du pied.

— Parce que toi, t'es pas inquiet de me voir, je pense? Enfin, ça ne t'étonne pas au moins?

— Non, dit Roland. Vous travaillez dans la prison. Alors il est normal de vous y voir.

Belleville se tourna un peu vers les autres.

— Tiens, c'est pas mal dit ça : « Vous travaillez dans la prison, il est normal de vous y voir. » Ça a une bonne allure, bien naturelle.

Il interrogea Manu, Monseigneur et Geo du regard.

— Et vous autres, ça ne vous surprend pas non plus de me voir, je suppose. Non... C'est bien ce que je pensais. C'est naturel, hein? C'est fou ce que vous pouvez aimer le naturel. A un point de ne plus pouvoir vous en passer. Des bons petits détenus bien naturels. Hein? C'est bien ça...

Il se tut. Manu regarda Willman; il avait des yeux traqués. « Il nous a dénoncés ou pas? » se demanda-t-il. Il n'en savait plus rien. Il avait l'air de souffrir beaucoup. Mais tous les lâches ont l'air de souffrir, dès que les choses se gâtent.

Quand Belleville se mit à gueuler, Willman sursauta comme une décharge électrique. « Il est brisé, pensa Manu. Une épave. »

— Y'a pas que du naturel ici, tonna Belleville. La nuit, on joue les taupes, dans les sous-sols. On se déguise en terrassier. On prend les gaffes pour des cons.

— Nous? coupa Monseigneur, une main sur le cœur, d'un petit ton offusqué.

— Ah! je t'en prie, ne fais pas le mariole, hurlait Belleville. C'est fini la rigolade. Il faudra payer. Et d'ailleurs ce trou, où est-il?

Il se tournait dans tous les sens dans une grande excitation. Monseigneur et ses amis ne goûtaient pas encore au désespoir de l'échec. Ils connaîtraient cela après la réaction, un peu plus tard. Manu vit la porte bouger légèrement, et on regardait par l'œilleton. Belleville jouait au téméraire, seul contre tous, avec une armée à deux mètres. Geo n'avait pas desserré les dents. Plus étrange que jamais, il s'enlisait dans une sorte d'indifférence triste.

Belleville avait reprit sa gueulante, intarissable, un genre de forain. Son surnom lui allait bien. Geo fit tomber une gamelle exprès, avec son épaule. Belleville arrêta son débit.

— Qu'est-ce que c'est? dit-il.

— Fais ton boulot et ferme ta gueule, prononça Geo d'une voix terne.

Le corps immobile, il indiqua la porte.

Belleville toussota, désarçonné. Il ressentait un malaise en face de ce grand type, glacial, sans doute un tueur. Le genre qui ne parle pas et qui presse la gâchette. Un détenu l'insultait, mais l'ambiance n'était plus à l'échelle de ces détails, et cela ne se remarqua pas.

— Si t'es pressé..., ricana-t-il.

Il tira la porte et s'effaça pour laisser sortir les cinq hommes.

Les gaffes attendaient, silencieux. A l'ouverture de la porte, ils s'étaient formés en groupes de trois. Cinq groupes de trois. Le couloir de la division était désert. On avait dû donner des ordres et détourner la circulation. Manu revit en une seconde la scène d'un film très ancien qu'il n'avait jamais oublié, il ne savait au juste pourquoi. Un western, avec une poignée de rangers qui patrouillaient à cheval, et au détour d'un gros rocher, les ennemis apparurent subitement. Ils étaient massés dans la plaine, silencieux, très nombreux. Ils attendaient en sécurité et les rangers moururent.

Au fond de la galerie, les cachots, portes grandes ouvertes, stoppaient leur nuit, l'empêchant de franchir les seuils. Et cela formait autant de rectangles noirs, contre la muraille, aux emplacements des portes béantes.

Le froid tout court, le froid physique diminua les cinq hommes complètement nus. Ils étaient séparés, confiés aux trois surveillants qui fouillaient leurs vêtements sans se presser. Ils n'eurent le droit de se rhabiller qu'après la fouille méticuleuse, couture par couture. Leur peau nue se marbrait de bleu et de rouge. Chacun voyait la peau des autres et cette misère commune atténuait un peu la sienne propre.

Les cachots étaient d'anciennes cellules normales, dont on avait muré les fenêtres jusqu'à ne laisser qu'un fenestron, en haut, près du plafond. A l'extérieur, un auvent de fer limitait la lumière du jour au maximum, interdisant le soleil, au point que l'homme puni était en droit de se demander si les nuages ne couvraient pas désormais le ciel définitivement. Le sol était nu; pas de lit, pas de paillasse, pas de tabouret. Rien, rien que des angles. Pas d'eau. Un sol cimenté. Les murs étaient le seul refuge. On s'y accotait. On se sentait moins seul en compagnie des graffiti, des multitudes de barres par paquets de sept qui comptaient les semaines, les mois, évoquant à elles toutes, des vies entières.

Ils rentrèrent ensemble dans leur cachot respectif. Monseigneur était près de la table, derrière laquelle siégeait le gaffe avec son téléphone. Cela lui tiendrait compagnie. Ensuite venait Willman et puis Geo et puis Manu. Roland les quittait. Il était juste devant la porte de Manu. Ce dernier les voyait à travers son œilleton, mais un œilleton réglementaire avec sa petite vitre. Belleville était parti aux ordres. Manu tapota légèrement contre sa porte. Roland se rapprocha en crabe, sur le côté, un pied chassant l'autre. Manu colla sa bouche contre les interstices du guichet inscrit dans la porte. Ils ne se reverraient peut-être jamais.

— Heureux de t'avoir connu, dit-il.

Il mit dans sa voix toute l'émotion dont il était capable. Roland ne pouvait parler; les gaffes l'eussent éloigné de la porte, et il tenait à demeurer près de son ami. Ces dernières secondes étaient infimes, ridicules presque, mais le sort n'offrait rien de plus. Manu ne trouvait rien d'autre à dire. Il retenait son souffle; il sentait la présence de son ami à travers le bois si intensément qu'il lui semblait le toucher en touchant la porte. Il appréhendait le moment très proche où il serait complètement seul.

Les gaffes firent signe à Roland. Il ne risquait plus rien puisqu'il partait de toute façon, alors il tordit sa tête, écrasa sa joue contre la porte.

— La seule chose capable de venir à bout d'un homme, c'est la mort, dit-il. Et nous vivons encore.

« Encore. Et pour combien de temps? pensa Manu. Et pour aller jusqu'où? » Il faisait si continuellement froid qu'il n'y pensait plus. Avant-hier, il avait passé les bras de l'autre côté de la prison, dans les égouts de la ville, dans la liberté. L'air de la liberté avait caressé ses mains. Il les regarda dans cette nuit créée par les hommes au sein du jour. Il s'agissait des mêmes mains, attachées aux mêmes bras. Mais au fond de ce cachot il était si loin de la liberté qu'il n'osait plus y penser. Au fil des heures, la notion du temps commença de lui échapper. Willman vivait dans le cachot voisin. Il était au cachot. Alors comment avaient-ils su? Comment? Il s'assit sur le sol, les paumes des mains sur les tempes. Quand les hommes parlent de souffrance, de quoi parlent-ils? D'un lieu, d'un état d'âme, des dents du froid dans les chairs, ou du sang qui s'écoule d'une mauvaise plaie? De tout à la fois peut-être. Et ce tout à la fois, combien de temps un corps pourrait-il le supporter? Il eut peur, comme un très vieil homme, et pensa aux mots d'un autre livre :

> *... lorsqu'on redoute la montée,*
> *et qu'on s'essouffle en chemin...*

Il s'abandonna au pouvoir des mots qui semblaient venir d'un autre monde, car il croyait les avoir oubliés.

Tout a eu lieu, mais lui d'où venait-il? Etait-il une infâme répétition? Avait-il connu une existence meilleure dont il ne conservait aucun souvenir? Au fond de ce cachot, il eut un furieux besoin de croire dans une autre vie. Après. Car, s'il n'y en avait qu'une et que c'était celle-là, celle d'à présent, qu'elle emporte donc son cerveau qui battait contre ses tempes, qu'elle lui donne la force de la folie, la force de hurler nuit et jour. Ceux qui hurlent croient qu'ils se libèrent. Et cette souffrance immobile, plus tenace que le froid, il ne pouvait pas s'en débarrasser. Il ne voulait plus considérer par quels chemins elle était venue. Elle était là. Elle vivait en lui comme un cancer. On peut essayer de fuir la souffrance. Mais on ne se fuit pas soi-même, et où est la souffrance sinon en soi? Il ne pouvait plus, il ne pouvait plus.

Il apprit que Willman les avait vendus. Ce n'était pas les policiers qu'il avait vus hier soir, mais le directeur. Hier au soir, Dieu comme c'était récent et déjà inaccessible! Cela ne changeait rien pour Manu. Willman n'était pas un traître par définition. Il était passé par différents états d'âme à l'image de tous les hommes qui n'ont pas réalisé leur unité. C'était la faute du temps, de la longueur de ces semaines, de Christiane.

Tuer Willman, comme dans les romans noirs. Et après? La souffrance ne venait pas de Willman. Elle était au-dessus.

Que le jour se lève ou que le soir tombe, dans les cachots il faisait toujours nuit. Il avait vainement cherché un couteau, un bout de ferraille soigneusement travaillé par Francis qui avait purgé du cachot dans la une de ces cellules. Francis avait caché le couteau sous la porte, dans une fissure entre le ciment mal joint à un côté du chambranle. Mais ce n'était pas dans le cachot qu'habitait Manu. Peut-être à côté, dans celui de Geo.

C'est donc avec les dents qu'il avait ouvert le haut de la paillasse qu'on lui jetait chaque soir, et il se glissait dans la paille pour essayer de dormir. Comme les hommes d'il y avait très longtemps, il dormait sur la paille et pensait aux animaux de la crèche comme à un trésor inestimable. Il ne pouvait plus accéder à rien, prétendre à rien.

Monseigneur était tombé d'inanition dans son cachot;

une soupe tous les quatre jours, c'est trop peu. Il s'était ouvert la tête sur le sol. On l'avait transporté à Fresnes. Willman n'habitait plus à côté. Il n'y avait vécu que deux jours pour donner le change. La justice lui tiendrait compte de sa délation et il retrouverait peut-être Christiane, sa chaleur, ses caresses, mais confortablement et non à la va vite, traqué. Sarquiet l'avait fait appeler comme ça, à l'intuition. Et Willman s'était jeté dans les bras de l'ordre, de la quiétude, car au fond, plus il approchait du seuil de la vie violente et incertaine d'un évadé, plus son malaise s'accentuait. « Il n'aurait pas écrit de lui-même pour les vendre », pensa Manu, mais les circonstances s'étaient complétées comme un mécanisme d'horlogerie. Il y a eu cette fille avec la surveillante plus un garde mobile égrillard. Alors Willman s'était trompé de galerie. Et Sarquiet passa par là.

En embrassant Manu, Willman avait eu un frisson de l'âme, ce recul qui l'avait aidé à les convaincre de ne pas descendre ce soir-là pour achever de scier la grille. Il savait que des surveillants armés les attendaient dans le sous-sol et il ne put supporter l'idée de les livrer à ce point, sans défense immédiate contre des fusils. Déjà, sa délation lui faisait peur. Il essayait de l'amenuiser mais les vies tomberaient quand même. La liberté par la force, il n'avait pu l'assimiler. Quatre vies pour s'en sortir autrement, c'était peu. Il y songerait sans doute parfois, avant de s'endormir, tant qu'il serait seul.

Mais plus tard, la bouche de Christiane effacerait toute l'ombre, jusqu'à la petite phrase de Geo : « Demain il fera jour » qui obséderait Willman le plus longtemps, à titre de détails. C'est souvent grâce à eux que les grandes lignes d'un passé se suspendent à la mémoire. Le remords, ce n'est pas une obligation. C'est la souffrance qui installe le remords. Elle est complète, la souffrance. C'est une barrière, une sorte de mur de coton, mais un coton transparent. Celui qui souffre derrière ce mur, regarde sans voir, écoute sans entendre.

Quand ils vinrent chercher Manu pour le conduire chez le directeur, il traversa la prison en clignant sous les lumières. Le corps las et léger à la fois, comme ceux qui ont faim. Il ne pensait pas à sa barbe ni à la saleté de ses vêtements. Il formait une unité, un petit bloc enfermé dans son pardessus, quelque chose d'à part, d'étranger. Le bureau confortable du chef de la prison, le bureau chauffé, lui donna une notion plus étendue de sa misère, plus vivante aussi. Il craignit la chaleur du lieu comme si elle avait le pouvoir, en le réchauffant, de faire dégouliner le long de son corps la crasse qui adhérait à sa peau, jusqu'à former une petite mare à ses pieds; le pouvoir de libérer son linge sale d'une odeur que le froid, jusqu'à présent, semblait maintenir enchevêtrée entre les fils de laine et de toile. Sarquiet était aimé. Il l'avait puni de quatre-vingt-dix jours de cachot, ce n'était que l'application d'un tarif ministériel. Manu le savait. Sarquiet ne punissait pas les tuberculeux. Il criait toujours après Manouche, un ami de Manu, mais ne le punissait jamais. Tandis que son prédécesseur envoyait les tuberculeux au cachot, au même titre que les autres, pour des détails disciplinaires.

Sarquiet portait des grosses lunettes d'écaille. Sa tête ronde, autoritaire, terminait un corps trapu. C'était un sanguin. Willman le dégoûtait. Il avait un certain respect pour les quatre autres, « l'équipe du souterrain » comme il les appelait. Mais il était obligé de le garder pour lui.

La misère physique et morale de Manu ne fit que lui confirmer ce qu'il savait déjà; ces hommes étaient au bout du chemin. Manu était debout entre deux fauteuils de cuir. Il avait l'apparence d'un clochard, mais un inconnu qui serait entré à l'instant n'aurait pu le considérer comme tel, à cause d'une note indéfinissable, de son regard sans doute.

C'était une fin d'après-midi.

— Bonsoir, Borelli, dit Sarquiet.

Manu fit un léger mouvement de la tête.

— Monsieur le directeur...

Il avait les mains enfoncées dans les poches de son pardessus, les épaules serrées avec cette impression de former bloc à lui seul, d'être une île.

Sarquiet ne lui offrit pas un siège. Il y pensa, mais ne le fit pas. D'abord Manu était sale, ensuite... eh bien, ensuite, rien... On ne faisait pas asseoir un détenu. C'était tout. Surtout un puni.

— Je vous ai fait venir pour m'acquitter d'une promesse, dit Sarquiet.

Il choisit un crayon, long et fin, sur une écritoire travaillée qui ajoutait au luxe du bureau et le manipula dans tous les sens, en parlant.

— J'ai vu votre famille.

Il scrutait Manu sans résultat. Ce dernier ne broncha pas. Une chaleur circulait dans ses veines, colorait certainement sa peau sous sa crasse et sa barbe, mais justement il y avait de la crasse et de la barbe pour l'isoler du directeur. Sarquiet pensa qu'il s'était peut-être trompé sur les sentiments familiaux de cet homme.

— Une jeune femme qui paraît vous aimer beaucoup, continua-t-il. Elle était assise là...

Il désigna un fauteuil, et Manu tourna instinctivement la tête dans cette direction. Il brûlait d'envie de questionner ce type ronronnant derrière son bureau. Lui demander qui était la jeune femme; Solange ou sa sœur? Une fierté le bâillonna. « Il le dira de lui-même, pensa-t-il. Je n'ai pas à mendier. »

— Elle était affolée de vous sentir au cachot. Elle a pleuré, beaucoup pleuré — un petit silence. Et je vous l'avoue j'avais de la peine en face de ce chagrin. De ce vrai chagrin.

Il scandait un peu et il lui sembla que Manu oscillait.

Il restait peu de force à Manu et il connaissait une émotion qui venait en plus, dans une coupe déjà pleine. Il voyait un Sarquiet et d'un seul coup, cinquante Sarquiet : cinquante paires de lunettes d'écaille, superposées, tantôt en largeur, tantôt en hauteur. Et elles scintillaient, elles scintillaient. Et toutes ces mains, des multitudes de mains sur le long crayon mince.

« Il s'amollit », pensa Sarquiet, en voyant les yeux de Manu se fermer. Quand il les rouvrit la vérité était revenue. Il n'y avait plus qu'un seul gros homme sanguin qui parlait.

— Alors je lui ai menti, disait la voix. Je lui ai dit que ce n'était pas vrai. Que vous n'aviez pas droit au parloir, ni aux colis, bien entendu, que vous ne pouviez leur écrire et que vous étiez à l'isolement pendant trois mois, mais je lui ai parlé d'une pièce relativement confortable, chauffée. Je lui ai dit que les cachots étaient périmés, n'existaient plus que dans la croyance populaire. Enfin je l'ai rassurée pleinement, je vous l'affirme.

Manu respirait un peu plus vite.

— Elle m'a demandé de vous voir, et en partant, elle a longuement regardé la pièce « pour que je l'imagine mieux, quand il y sera », m'a-t-elle dit.

Il regarda Manu dont les yeux brillaient trop.

— Vous l'aimez, n'est-ce pas? demanda-t-il.

Donc Solange s'était assise là quelques heures plus tôt. S'il l'aimait... Il l'aimait à tel point qu'il couchait avec elle et causait longtemps, sans lassitude; et les femmes avec qui l'on pouvait coucher et causer étaient rares.

Il sentit qu'il allait pleurer et s'obstina à fixer la pointe de ses espadrilles. Ils lui avaient enlevé ses chaussures pour les démonter à la cordonnerie. Les lames de scie les hantaient. Ses espadrilles étaient trouées. Elles prenaient l'eau à la promenade et ensuite ne séchaient plus.

— J'ai tenu ma promesse, Borelli, et il m'est venu à l'idée de vous demander une contrepartie. Après tout, j'ai menti pour vous, uniquement pour vous. En pensant à ce que j'aimerais que l'on fasse pour moi, dans une situation semblable. Je me suis substitué à vous, Borelli, pour trouver les mots justes. Cela vous fait plaisir de savoir qu'elle est venue en pleurant et qu'elle est repartie moins malheureuse, donc un peu heureuse car tout est relatif? Un peu heureuse...

Manu regarda cet homme en face.

— Merci, dit-il doucement.

Sarquiet soupira au fond de lui et tenant à deux mains le long crayon, au bout de ses bras courts, il s'élança.

— Je vais vous demander votre parole. Je veux que vous changiez d'attitude, de conduite, que vous arrêtiez!

Il accompagna le dernier mot d'une pression des doigts et le crayon se cassa, dans un petit bruit sec. Il était fendu en biseau. Une moitié pendait un peu, et Manu se mit à songer au bras de Laurent. C'était idiot de comparer le bras de Laurent à ce crayon, mais on ne choisissait pas les souvenirs. Laurent avait placé son bras en porte à faux, sur deux gamelles retournées. Il avait besoin d'aller d'urgence à l'hôpital pour arranger une histoire très sombre. Manu avait frappé avec le pied d'un tabouret. Il transpirait, mais il frappait. Laurent s'accrochait à lui de son autre bras, avec la force que donne la douleur. Au troisième coup, il y eut un affaissement. Il alla à la visite mais le bras n'était pas cassé; seulement fêlé. Il était déformé, tuméfié, on avait mal rien qu'à le regarder, et Laurent en revenant de la visite demanda à Manu de le frapper à nouveau.

Manu fut inondé de peur, tout son sang n'était que peur. Ce fut Laurent lui-même qui acheva la fracture. Son bras pendait, les chairs éclatées, les morceaux soutenus par la peau. Un peu comme ce crayon que Sarquiet essayait de redresser de ses mains grasses, aux doigts boudinés.

La souffrance, à tort ou à raison, était partout. Elle se saisit de Manu qui frissonna de la tête aux pieds. Il était de nouveau derrière son mur de coton. Arrêtez! avait dit Sarquiet, ce qui voulait dire : « Quand vous verrez Laurent, ne lui parlez plus. Suivez un autre chemin. » Quel chemin? Manu se sentit terriblement engagé et pensa à Monseigneur qui crevait peut-être à Fresnes. A Roland, dans son cachot du quartier bas, à Geo.

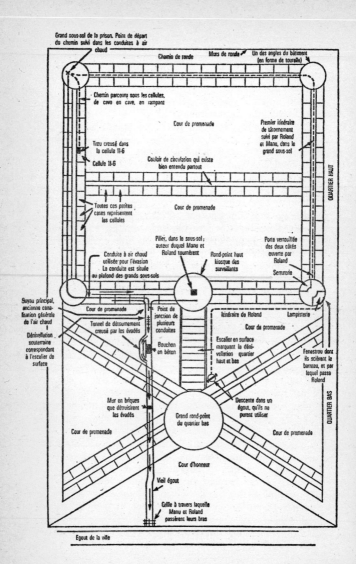

Grand sous-sol de la prison. Point de départ du chemin suivi dans les conduites à air chaud

Chemin de ronde

Murs de ronde

Un des angles du bâtiment (en forme de tourelle)

Chemin parcouru sous les cellules, de cave en cave, en rampant

Cour de promenade

Premier itinéraire de tâtonnement suivi par Roland et Manu, dans le grand sous-sol

QUARTIER HAUT

Trou creusé dans la cellule 11-6

Cellule 11-6

Couloir de circulation qui existe bien entendu partout

Toutes ces petites cases représentent les cellules

Cour de promenade

Conduite à air chaud utilisée pour l'évasion La conduite est située au plafond des grands sous-sols

Pilier, dans le sous-sol; autour duquel Manu et Roland tournèrent

Rond-point haut kiosque des surveillants

Porte verrouillée des deux côtés ouverte par Roland

Serrurerie

Soyau principal, ancienne canalisation générale de l'air chaud

Dénivellation souterraine correspondant à l'escalier de surface

Cour de promenade

Tunnel de détournement creusé par les évadés

Point de jonction de plusieurs conduites

Bouchon en béton

Itinéraire de Roland

Lampisterie

Cour de promenade

Escalier en surface marquant la dénivellation quartier haut et bas

Fenestrou dont ils sciaient le barreau, et par lequel passa Roland

Mur en briques que détruisirent les évadés

Grand rond-point du quartier bas

Descente dans un égout, qu'ils ne purent utiliser

QUARTIER BAS

Cour de promenade

Cour de promenade

Cour d'honneur

Vieil égout

Grille à travers laquelle Manu et Roland passèrent leurs bras

Egout de la ville

PLAN DE LA PRISON DE LA SANTE

expliquant l'évasion entreprise par les personnages du « Trou ».

Tout d'abord, en poiniillé, le chemin suivi dans les sous-sols qui conduit Roland et Manu jusqu'à la serrurerie et la lampisterie. De là, Roland passe à l'air libre, pour buter sur un égout inutilisable.

Puis, en trait plein, la voie qui emprunte les conduites à air chaud, aboutissant à l'égout extérieur. Ce plan résume donc, superposés, la prison de la Santé et son sous-sol. Entre le quartier haut et le quartier bas, il existe une dénivellation de terrain. L'ensemble de la prison est entouré par un premier mur de cinq mètres de haut et une seconde enceinte de neuf mètres.

— Car vous savez, Borelli, j'ai une famille moi aussi, une vieille maman...

Manu sentit qu'il devait parler. S'expliquer. Faire comprendre à cet homme que la souffrance, à une certaine échelle, séparait les gens. A jamais. Sa gorge était contractée, et aux premiers mots, des larmes envahirent ses yeux. Il ne pouvait plus les endiguer, ruser, ni gagner du temps en regardant ses espadrilles. Il se demanda simplement s'il allait en faire don à ce directeur, ou s'en aller pour soustraire ses larmes à sa vue. Il avait autant envie de rester que de partir, mais il s'en alla.

— Borelli!... Voyons! appela Sarquiet.

Manu écrasait ses yeux du revers de sa main en gagnant la porte. Il avait trois mètres pour ravaler son émotion car le gaffe planté dehors n'y avait pas droit non plus. Sarquiet s'était un peu dressé sur son fauteuil, les mains appuyées sur son bureau, mais il ne se leva pas complètement.

— Je vous en conjure, dit-il encore, il y a l'impossible, mais il y a aussi le possible. Vous êtes jeune.

Manu sortit et referma la porte. Le surveillant l'attendait dans le couloir. Il frappa à la porte du directeur, un peu étonné de la sortie du prisonnier. On lui cria d'entrer. Il passa la tête par l'entrebâillement. Sarquiet songea à faire revenir Borelli, mais il entendit sa propre voix commander au surveillant :

— Vous pouvez le reconduire.

Et il se laissa tomber dans son fauteuil avec lassitude, dans un sentiment d'impuissance. Il sentait en fond de toile que le cachot détruisait tout et il ne pouvait détruire les cachots. « Je ne peux détruire ce qui détruit », pensa-t-il. Il est vrai qu'on ne lui demandait pas de construire non plus. C'était insoluble; sur cette pensée il acheva son travail de ce soir-là.

Manu rejoignait son cachot comme il en était venu, plus isolé que jamais. Il remonta le col de son pardessus comme pour se protéger des regards des gens qu'il croisait, regards qui l'accompagnaient longtemps, pesant sur sa nuque. Le possible et l'impossible avait dit Sarquiet, mais justement il y a d'impossibles destins.

Arrivé à la table de la division, il regarda la première porte, celle du cachot de Monseigneur; l'étiquette de l'effectif était retournée. La cellule était vide comme la mort. Vide aussi le cachot voisin; celui de Willman. Il vivait ailleurs dans une cellule normale. Il vivait de sa trahison. Manu ne l'envia pas. Le gaffe qui l'avait reconduit bavardait à voix basse avec son collègue de la division, près de la table. Un prisonnier qui sort de l'audience directoriale fait toujours jaser. Manu en profita pour se coller contre la porte de Geo. Il voulait lui parler du couteau de Francis. Il ignorait que Geo le guettait. Geo avait entendu sortir son ami. C'était bien là le signe, et un étrange instinct l'assurait que Manu s'arrêterait à sa porte. Manu sentit cette présence.

— Geo, dit-il d'une voix imperceptible.

— Oui, répondit Geo.

Il sembla à Manu que Geo respirait fort.

— Ecoute vite, dit Geo.

Le timbre était un peu pressé. Manu colla sa joue contre le bois.

— Demain, dit Geo... et il s'arrêta.

— Oui, souffla Manu en tordant la bouche.

— Demain... il fera nuit, prononça finalement Geo.

Il y eut un bruit très doux, comme un lourd frottement. Manu sentit que le corps n'était plus à la même hauteur. Il lutta contre l'envie qui le tirait par le ventre pour le faire se baisser, comme pour suivre Geo, qu'il imaginait écroulé sur le sol contre la porte. La gorge nouée, il appela son ami d'une voix rauque :

— Geo, Geo...

— Ça va finir, cette comédie, cria le surveillant, derrière lui.

Ils s'approchèrent à deux, le dépassèrent, et ouvrirent la porte du cachot voisin. Son cachot. Il passa devant eux, très droit. Si son âme hésita, son corps n'en laissa rien paraître.

Il s'enfonça dans la nuit. Sa nuit. Il traînait un capital souffrance, déjà au-dessus de la limite. Mais où était la limite?

DU MÊME AUTEUR

Impression Brodard et Taupin
à La Flèche (Sarthe),
le 24 août 1990.
Dépôt légal : août 1990.
1er dépôt légal dans la collection : août 1973.
Numéro d'imprimeur : 1049D-5.
ISBN 2-07-036318-X / Imprimé en France

50336